भारत के बच्चे

रस्किन बॉण्ड की पुस्तकें

भारत के बच्चे

रस्किन बॉन्ड

प्रकाशक

प्रभात प्रकाशन प्रा. लि.

4/19 आसफ अली रोड, नई दिल्ली–110002

फोन : 011–23289777 • हेल्पलाइन नं. : 7827007777

इ–मेल : prabhatbooks@gmail.com ◆ वेब ठिकाना : www.prabhatbooks.com

संस्करण

2025

चित्रांकन

संदीप अध्वर्यु

अनुवाद

अमरनाथ श्रीवास्तव

पेपरबैक मूल्य

तीन सौ रुपए

मुद्रक

नरुला प्रिंटर्स, दिल्ली

---★---

BHARAT KE BACHCHE

by Ruskin Bond

Published by **PRABHAT PRAKASHAN PVT. LTD.**

4/19 Asaf Ali Road, New Delhi-110002

ISBN 978-93-5048-152-3

₹ 300.00 (PB)

सद्भाव, सहिष्णुता
और अहिंसा की भावना से
प्रेरित होकर मैं यह पुस्तक उन सभी
लोगों को समर्पित करता हूँ,
जो मेरी मध्याह्न निद्रा में आकर मेरा
दरवाजा खटखटाकर उसमें खलल डालते हैं।
मैं कामना करता हूँ कि उन्हें भी मध्याह्न
की झपकी के आनंद और
लाभों का पता चले।

मेरी बात

मेरे मन में बसनेवाला भारत वह नहीं है, जो हमेशा चर्चा में रहता है। मेरे मन में बसनेवाला भारत वह है जिसमें आम जनों का सद्भाव और हास्य वृत्ति है, सभी के रीति-रिवाजों के प्रति सहिष्णुता की भावना है, दूसरों के व्यक्तिगत जीवन में हस्तक्षेप न करने का स्वभाव है, आपसी भाईचारे की भावना है, मुश्किलों को स्वीकार करने की एक दार्शनिक प्रवृत्ति है, प्रेम और स्नेह है—खासकर बच्चों में।

यह तो रही मेरे मन में बसनेवाले भारत के लोगों की बात। अब उस भारत की धरती की बात, जंगल और मैदान, पर्वत और रेगिस्तान, नदी और सागर—ये सब चीजें मेरे लिए खास और अलग हैं। समुद्र मेरी उन दिनों की स्मृतियों को ताजा करता है, जब ताड़ के वृक्षों की कतारोंवाले बीच के किनारे, हम शंख इकट्ठा किया करते थे। नदियाँ—जिनमें से कुछ का वर्णन इस पुस्तक में किया गया है—भारत की निरंतरता या गतिशीलता और उसके कालजयी स्वरूप की द्योतक हैं। यहाँ के पर्वतों की शान व विशालता, रेगिस्तानों के बदलते रंग, जंगलों की हरियाली और उपजाऊ मैदानों की खुशहाली, सबकुछ वर्षों से मेरे प्रेम का हिस्सा रहा है, जिसे मैंने अधिकतम संभव बेहतरीन तरीके से बेहतरीन शब्दों में वर्णित करने का प्रयास किया है।

लेखों और कविताओं के इस संग्रह से पाठकों को पता चलेगा कि यहाँ के लोगों, यहाँ के स्थानों और यहाँ की विभिन्न वस्तुओं के लिए मेरे मन में क्या भावना है। इन भावनाओं में से कुछ तो मेरे बचपन से जुड़ी हैं और कुछ वर्तमान से।

यद्यपि कहीं-कहीं मुझे अतीत की बातों को लेकर चलना पड़ा है, लेकिन लेख में बिलकुल नयापन है और प्रस्तुतीकरण बिलकुल ताजा।

एक उत्साहवर्धक बात यह है कि भारत में प्रकाशन का युग ऊपर उठकर

सामने आया है, तभी तो दूरदर्शन यानी दृश्य मनोरंजन के इस युग में भी लोगों का पुस्तकों से जुड़ाव बना हुआ है—इसका कारण शायद यही है कि प्रकाशक उन्हें मनोरंजन और ज्ञान के रूप में पुस्तकों की एक व्यापक रेंज उपलब्ध करा रहे हैं। ज्यादा-से-ज्यादा लेखकों की रचनाएँ व लेख प्रकाशित हो रहे हैं और कुछ तो अच्छी आय भी अर्जित कर रहे हैं। अब मुझे अपनी पुस्तकें व कहानियाँ दूसरे देशों में नहीं ले जानी पड़तीं। यहाँ (भारत में) मेरे पाठक हमेशा रहे हैं और अब मैं भारतीय पाठक के लिए विशेष रूप से लिख सकता हूँ—अब मुझे वैसे समझौते करने की जरूरत नहीं है, जो प्राय: अमेरिका या ब्रिटेन में रचनाएँ प्रकाशित कराने के लिए करने पड़ते हैं। इस प्रकार रोमांच से दूर, भड़काऊ पूर्व से दूर, महाराजाओं, भिखारियों, जासूसों और शिकारियों से दूर तथा रोमांटिक अंग्रेज स्त्रियों से दूर अब हमें 'विदेशी पाठक' के लिए लिखने की जरूरत नहीं है। मैं सड़क के किनारे रहनेवाले लोगों के लिए लिख सकता हूँ—और देखिए, सड़क के किनारे रहनेवाले भी कभी-कभी मेरी पुस्तक पढ़ रहे होते हैं।

एक और बात—जब भी मैं देखता हूँ कि जो कुछ मैंने लिखा है, उसका हिंदी, बाँग्ला, मराठी या किसी अन्य भारतीय भाषा में अनुवाद हो रहा है, तो उस समय मेरा मन रोमांच से भर उठता है। लेखकों के लिए यहाँ व्यापक अवसर व संभावनाएँ हैं। यह सच है कि बहुभाषीय प्रकाशन अभी यहाँ शुरुआती चरण में है, लेकिन इस रचनात्मक ऊर्जा का सिर्फ उपयुक्त दोहन करने की ज़रूरत है; फिर देखिए, किस प्रकार एक साहित्यिक विस्फोट की स्थिति देखने को मिलती है।

पश्चिमी देशों की बात करें तो वहाँ पुस्तकों का भविष्य प्रचार प्रतिनिधियों, पुरस्कार, विजेता कमेटियों और मीडिया के हाथों में होता है—बस, पाठक के हाथ में नहीं होता।

इसके विपरीत, भारत में—जैसा मैं सोचता हूँ—पुस्तकें सीधे पाठक के मन और मस्तिष्क तक पहुँच सकती हैं। इसके लिए विमोचन के समय होनेवाले समारोह की तड़क-भड़क या धूमधाम जरूरी नहीं है।

मेरा मानना है कि किसी पुस्तक की सफलता को लेकर अब भी एक तरह की अनिश्चितता-सी बनी रहती है। कई बार ऐसा होता है कि आलोचक और प्रकाशन विशेषज्ञ पुस्तक की उपेक्षा करते हैं, फिर भी वह पुस्तक पाठकों

के मन में अपना स्थान बना लेती है—जैसा जेनं आयर (Jane Eyre) या लीव्स ऑफ ग्रास (Leaves of Grass) के साथ हुआ। आप पहले से कुछ नहीं कह सकते कि आपकी पुस्तक चलेगी या नहीं। दूसरे शब्दों में, पुस्तक का भविष्य अब भी ईश्वर की कृपा पर ही निर्भर होता है।

—रस्किन बॉण्ड

मसूरी

अनुक्रम

मेरी बात 7

1. आओ मेरे साथ 13
2. भारत के बच्चे 15
3. नीले स्वेटरवाला लड़का 21
4. हमारी स्थानीय टीम 23
5. और अब हम बारह हैं 25
6. मोहभंग 35
7. सादा जीवन 37
8. गढ़वाल हिमालय 57
9. भारत की खुशबू हमेशा मेरे साथ रही 59
10. युवावस्था के मेरे मित्र 69
11. शीतकाल, सुनसान हिल स्टेशन 83
12. अध्ययन का रोमांच 85
13. झुकना पड़ता है 93
14. कई नदियों का गीत 95
15. मेरे दूर के पैविलियंस 107
16. वापस देहरा की ओर 111
17. लिखने का आनंद 113
18. उनके अंतिम शब्द 119
19. सत्तर की उम्र में··· 121

1

आओ मेरे साथ

शहर से बाहर, पहाड़ी के ऊपर,
अंतरिक्ष में,
जहाँ समय का चक्र रुक जाता है,
ऊँचे-ऊँचे वृक्षों के नीचे,
इस रास्ते से होकर,
जहाँ कभी योद्धा खड़े होते थे;
उस छोटे से पुल को पार करके वहाँ चलो
जहाँ मैं आराम से रह सकता हूँ।
वे दिन और थे जब हम शक्तिशाली थे,
प्रयाण गीत गाते हुए हम सड़क पर चले जाते थे,
जब सुबह घास पर बिखरी ओस की बूँदें ताजगी देती थीं
और हम प्रात:काल के सौंदर्य को
निहारते हुए निकल पड़ते थे।
वे दिन तो गुजर गए,
पर अब भी मैं घूमने को निकल पड़ता हूँ।
क्योंकि
हवाएँ अब भी उतनी ही ताजा हैं
जितनी उन दिनों थीं,
और आड़ू व नाशपाती के फल,
वे भी उतने ही मीठे हैं,
तो आओ मेरे साथ
उस जगह पर,
जहाँ घासें अब भी हरी हैं
और हवा अब भी साफ है।

□

2

भारत के बच्चे

आसपास के गाँवों और हिल स्टेशन के लड़के-लड़कियाँ स्कूल जाते समय रास्ते में मेरे पास से होकर गुजरते हैं। इन बच्चों को लाने-ले जाने वाली कोई स्कूल बस नहीं है, इसलिए इन्हें पैदल ही आना-जाना पड़ता है।

उनमें से कई बच्चे तो ऐसे हैं, जिन्हें काफी लंबी दूरी तय करके स्कूल जाना पड़ता है।

दस वर्षीय रणवीर को स्कूल जाने के लिए अपने गाँव से—जो चार ही मील दूरी पर शहर से 2,000 फीट नीचे स्थित है—पहाड़ पर चढ़ना पड़ता है। उसके पैरों में रोज वही एक जोड़ी सस्ते जूते होते हैं—हर मौसम में—जिन्हें वह पूरी तरह से फट जाने तक पहनता है।

रणवीर के चेहरे पर हमेशा प्रसन्नता चमकती रहती है। जब भी मुझे खिड़की के पास खड़ा देखता है, वह अभिवादन में हाथ हिलाने लगता है। कभी-कभी वह अपने पिता के खेत से मेरे लिए ककड़ी लेकर आता है। मैं उसे ककड़ी के पैसे देता है, जिससे वह अपने लिए किताबें वगैरह खरीदता है या फिर घर की जरूरत की छोटी-मोटी चीजें ले जाता है।

उन बच्चों में कई अन्य बच्चे भी रणवीर की तरह ही हैं—गरीब; लेकिन इतना जरूर है कि इस उम्र में उनके माता-पिता जिस स्थिति में रहे होंगे, उससे कहीं बेहतर स्थिति में हैं ये बच्चे। यहाँ अच्छे-अच्छे रेजीडेंशियल और प्राइवेट स्कूल भी हैं; लेकिन इन स्कूलों में पढ़ाई महँगी होने के कारण इन बच्चों को सरकारी सहायता प्राप्त स्कूलों में ही पढ़ना पड़ता है, जहाँ सिर्फ मूलभूत सुविधाएँ हैं। कई बच्चे ऐसे भी हैं, जिनके माता-पिता ने स्कूल का मुँह ही नहीं देखा। खेतों में काम करते हुए या हिल स्टेशन पर दूध ले जाकर बेचते हुए ही उनकी जिंदगी बीत गई। जो थोड़े खुशकिस्मत थे, उन्हें फौज में नौकरी मिल गई। बड़ा होकर रणवीर शायद कुछ अलग करेगा।

उसने अभी तक कोई रेलगाड़ी भले नहीं देखी, लेकिन पहाड़ों के ऊपर हवाई जहाज उड़ते हुए वह लगभग रोज ही देखता है।

"हवाई जहाज कहाँ तक जा सकता है?" वह जिज्ञासा प्रकट करता है।

"सारी दुनिया में।" मैं उसे बताता हूँ। "एक दिन में हजारों मील की दूरी तय कर सकता है; इससे तुम कहीं भी जा सकते हो।"

"एक दिन मैं सारी दुनिया की सैर करूँगा।" वह निश्चय भरे शब्दों में बोल उठता है, "एक हवाई जहाज खरीदूँगा और सब जगह घूमूँगा।"

शायद वह ऐसा कर भी सके। उसके चेहरे पर दृढ़ निश्चय और आँखों में हिम्मत भरी चमक दिखाई देती है।

ये पंक्तियाँ मेरे पत्र में वैसे तो मेरी अपनी आंतरिक प्रेरणा के लिए छपी थीं, लेकिन सच यह है कि कोई भी दृढ़ निश्चयी व्यक्ति इनसे प्रेरणा ले सकता है—

> जीवन से हमें वही मिलता है, जो हम उसे देते हैं। अगर आपके पास वह ऊर्जा व शक्ति है, जो आपके भाग्य का फैसला करती है तो ऐसा कोई भी सपना नहीं है जिसे आप साकार न कर सकें। अगर आपकी इच्छा-शक्ति मजबूत है तो आपको अपनी इच्छित वस्तु जरूर मिलेगी। इस प्रकार कम ही लोग महान् उपलब्धि या सफलता हासिल कर पाते हैं; क्योंकि कम ही लोग उस अदम्य इच्छा-शक्ति के साथ आगे बढ़ पाते हैं, जो उन्हें पीछे हटने से रोकती है। कहने की आवश्यकता नहीं कि जो व्यक्ति पैसा कमाने के लिए लगातार परिश्रम करता है, वह एक दिन अमीर बन जाता है। इसी तरह जो व्यक्ति ताकत या शोहरत के लिए निरंतर काम में लगा रहता है, वह एक दिन ताकत और शोहरत की बुलंदियों पर होता है। जो लोग आध्यात्मिक उपलब्धि के लिए पूरी लगन से काम करते हैं, उन्हें आध्यात्मिक उपलब्धि मिल जाती है। यह बात अलग है कि सफलता इतनी देर से मिले कि तब तक हमें उसकी जरूरत ही न रह जाए, लेकिन मिलेगी जरूर!

□

अभी कुछ वर्ष पहले तक भारत के गाँवों या पहाड़ी इलाकों में बहुत कम लड़कियाँ स्कूल जाती थीं। विवाह-योग्य आयु तक वे घर के काम में हाथ बँटाती थीं और उसके बाद उनका विवाह कर दिया जाता था। लेकिन अब देखिए, स्कूल

जानेवाले लड़कों की संख्या के बराबर ही लड़कियों की संख्या भी है।

चौदह वर्षीय बिंद्रा एक चंचल और मिलनसार लड़की है, जो आत्मविश्वास से भरी है। अपनी सहेलियों के साथ चलती हुई वह खूब बोलती है। उसके पिता मुझे अच्छी तरह से जानते हैं। वह वनरक्षक हैं। लांडूरा के पीछे स्थित देवदार के जंगलों से होकर गुजरते हुए मैं उनसे मिलता हूँ।

मैं बिंद्रा को लगभग रोज देखता था। एक बार जब एक हफ्ते तक मैंने उसे नहीं देखा तो उसके भाई से उसके बारे में पूछने लगा—इस आशंका से कि कहीं उसे कुछ हो तो नहीं गया।

"अरे, कुछ नहीं।" उसके भाई ने कहा।

"वह घास काटने में माँ का हाथ बँटा रही है। बारिश का मौसम खत्म हो जाने पर घास सूख जाएगी न, इसलिए उसे अभी से काटकर रख लेते हैं। सर्दियों में गायों का चारा हो जाएगा।"

"और तुम क्यों नहीं गए घास काटने?"

"आज मेरा क्रिकेट मैच है।" कहकर वह तेजी से निकल गया और अपने साथी खिलाड़ियों के साथ हो लिया। उसके लिए काम से ज्यादा महत्त्वपूर्ण खेलना है; जबकि उसकी बहन के लिए काम ज्यादा महत्त्वपूर्ण है।

क्रिकेट, जो कभी रईसों का खेल हुआ करता था, अब आम आदमी का खेल बन गया है कि छुट्टी के दिन इस विशाल देश के किसी भी कोने में लड़कों की टोलियों को गेंद-बल्ला आदि लेकर नजदीक के मैदान की ओर जाते देखा जा सकता है। इन खिलाड़ी लड़कों में कुछ लड़के तो ऐसे हैं जिनका खेल देखकर मैं दाँतों तले उँगली दबा लेता हूँ। स्थानीय टीमों में कुछ ऐसी टीमें हैं, जो प्राइवेट स्कूलों की टीमों से भी अच्छा खेलती हैं, जहाँ बेहतर सुविधाएँ उपलब्ध हैं। लेकिन इन गरीब घरों के बच्चों को वैसा अवसर नहीं मिलेगा, जो उन्हें राष्ट्रीय स्तर की टीमों के चयनकर्ताओं की नजर में ला सके। अधिकारियों और प्रभावशाली लोगों तक वे नहीं पहुँच पाएँगे। इस प्रकार वे खेल को एक शौक के रूप में ही खेलते रहेंगे या फिर टी.वी. पर अपने पसंदीदा हीरो के कारनामे देखेंगे।

□

सर्दियों का मौसम आने पर, जब दिन छोटे होने लगते हैं, इन बच्चों को शाम को अँधेरा होने से पहले घर पहुँचने के लिए अपनी चाल तेज करनी पड़ती

है। रणवीर और उसके साथी लड़कों को तो आधे रास्ते में ही अँधेरा हो जाता है।

"अंकल, क्या समय हुआ है?" आइवी कॉटेज (Ivy Cottage) से आगे ढालू सड़क पर चलते हुए वह मुझसे पूछता है।

ये बच्चे हर किसी को 'अंकल' कहते हैं। कभी-कभी मैं सोचता हूँ कि 'अंकल' कहकर बुलाने की यह प्रथा कैसे शुरू हुई। शायद इसकी शुरुआत उस लोककथा से हुई हो जिसमें एक शेर होता है; जो उसे 'अंकल' कह देता है, उस पर वही नहीं झपटता। शेर अपने रिश्तेदारों को नहीं मारते। या मारते हैं? लेकिन अगर शेर की जगह पर शेरनी आ जाए तो यह तरकीब काम नहीं करती। जब वह आपके ऊपर झपटेगी तो क्या उसे 'आंटी' कह देंगे।

शाम को छह बजे अँधेरा छा जाता है और रणवीर यही कोशिश करता है कि अँधेरा होने तक या उससे पहले वह देवदार के जंगल से आगे निकलकर गाँव को जानेवाली खुली सड़क पर आ जाए। आसमान साफ होता है, इसलिए चाँद और तारों की रोशनी पूरी मिलती है और गाँव में बिजली भी है, लेकिन जंगल में तो दिन में भी अँधेरा रहता है। चमगादड़ों और उड़नेवाली लोमड़ियों का चुपचाप इधर से उधर फुदकना और उल्लुओं की डरावनी घू-घू की आवाज—यह सबकुछ हिम्मती- से-हिम्मती बच्चे को भी डरा देने के लिए काफी होता है। रणवीर और उसके साथ के दूसरे लड़कों को एक बार एक भालू ने खदेड़ लिया।

जब उसने इसके बारे में मुझे बताया तो मैं बोल पड़ा, "अच्छा, इसका मतलब तुम भालू से भी ज्यादा तेज दौड़ सकते हो?"

इस पर उसने जो जवाब दिया, उससे लगा जैसे भालुओं से बचकर भागने का उसके पास लंबा अनुभव हो—"(ये भालू) पहाड़ी के ऊपर बहुत तेज भागते हैं।"

"मैं ध्यान रखूँगा। इस जानकारी के लिए धन्यवाद।" मैंने कहा।

"मुझे नहीं लगता कि 'अंकल' कहकर बुलानेवाली तरकीब यहाँ काम आएगी।"

रणवीर प्रायः दूसरे बच्चों के साथ ही चलता है और रास्ते भर वे गाते हुए ही चलते हैं, क्योंकि जोर-जोर से गाने से उल्लुओं का बोलना बंद हो जाता है और जंगल की दुष्टात्माएँ भी डरकर भाग जाती हैं। उसके साथियों में एक लड़का बाँसुरी बजाता है और पहाड़ों पर बाँसुरी की धुन बड़ी मनमोहक लगती है।

□

पहाड़ी क्षेत्रों में ही नहीं, बल्कि देश भर के कई इलाकों में बच्चों को प्रतिकूल (जलवायु या मौसमी) स्थितियों में स्कूल आना-जाना पड़ता है—जैसे राजस्थान के रेगिस्तान में धूल भरी आँधियाँ हैं तो लद्दाख और कश्मीर में बर्फीली हवाएँ। बड़े-बड़े शहरों और कस्बों में तो स्कूल बसें होती हैं; लेकिन ग्रामीण क्षेत्रों में बच्चों के लिए ऐसी सुविधा नहीं है, जिससे उन्हें स्कूल आने-जाने में कठिनाई का सामना करना पड़ता है।

अधिकतर बच्चे तो अपने रास्ते में आनेवाली मुश्किलों से निबटने में सक्षम होते हैं। जैसे उड़ीसा के गंजम जिले के वे किशोर। वे तैरकर धनेई नदी पार करते हैं, क्योंकि नदी पर पुल नहीं है—और इस प्रकार वे स्कूल आते-जाते हैं। मेरी स्क्रैप बुक में उनकी एक तसवीर है। एक हाथ में किताबें या बस्ता लिये और उसे ऊपर उठाए वे ब्रेस्ट स्ट्रोक या डॉग पैडल विधि से तैरते हुए नदी पार करते हैं। वे नदी पार करने में एक-दूसरे की मदद भी करते हैं।

भारत में आप कहीं भी चले जाइए, वहाँ आपको बच्चे आपके परिवार के काम—जो उसकी जीविका का स्रोत होता है—में हाथ बँटाते हुए दिख जाएँगे—चाहे मालाबार क्रोस्ट में मछलियाँ सुखाने का काम हो, कश्मीर में केसर इकट्ठा करने का काम हो या फिर राजस्थान या गुजरात के गाँवों में ऊँट चराने का काम हो।

कम ही ऐसे खुशकिस्मत माँ-बाप होते हैं, जो अपने बच्चों को इंग्लिश मीडियम प्राइवेट या 'पब्लिक' स्कूलों में पढ़ने के लिए भेज पाते हैं—और ऐसे बच्चे सचमुच बहुत खुशकिस्मत होते हैं; क्योंकि कुछ प्राइवेट या पब्लिक स्कूल इतने उत्कृष्ट स्तर के होते हैं कि वे ब्रिटेन या अमेरिका की समकक्ष संस्थाओं से भी अच्छे होते हैं। अजमेर हो या बेंगलुरु, नई दिल्ली हो चंडीगढ़, कानपुर हो या कोलकाता—सब जगह अच्छे स्कूलों में उच्च स्तरीय मापदंड लेकर चला जाता है। समाज में एक अलग समृद्ध मध्यम वर्ग के विकास के साथ ही गुणवत्तापूर्ण शिक्षा की माँग बढ़ने लगी है। लेकिन बढ़ती माँग के साथ प्राइवेट स्कूलों की संख्या में भी तेजी से वृद्धि हो रही है—परिणामस्वरूप मापदंडों के स्तर में गिरावट आती है और कई माता-पिता दोयम दरजे (के संस्थानों) पर आकर रुक जाते हैं।

हमारे बच्चों में ज्यादातर अब भी बच्चे ऐसे हैं जो सरकार या नगर निगम द्वारा संचालित स्कूलों में पढ़ते हैं। इन स्कूलों के स्तर में भी अंतर देखा जाता है, जो

इस बात पर निर्भर करता है कि वह स्कूल कहाँ स्थित है और उसका संचालन किस प्रकार होता है। खिड़कियों से रहित क्लासरूम और टूटी छत, जिससे बारिश का पानी नीचे टपकता रहता है—कोई नई या आश्चर्य की बात नहीं है। ऐसे में अलग-अलग समुदायों के बच्चे आपस में मिलकर रहना सीख जाते हैं। मुश्किलें और मुसीबतें हमें एक-दूसरे के करीब लाती हैं और इस प्रकार वे हमें आपस में भाई-भाई बना देती हैं।

जनगणना के आँकड़ों के अनुसार हर पाँच में से दो लोग ऐसे हैं, जो 5-15 आयु वर्ग में आते हैं। इस प्रकार हमारी लगभग आधी जनसंख्या स्कूल जानेवाली है और यहाँ अपने कमरे की खिड़की के सामने खड़ा मैं उन बच्चों को जाते निहार रहा होता हूँ; उनमें लड़के भी हैं, लड़कियाँ भी—कुछ छोटे हैं तो कुछ बड़े, कुछ थोड़े शरमीले हैं तो कुछ तेज, कुछ शरारती हैं तो कुछ शांत और गंभीर हैं; लेकिन मन में एक आशा लिये वे सब एक ही ओर जा रहे हैं—एक बेहतर भविष्य की ओर।

□

3

नीले स्वेटरवाला लड़का

नीले स्वेटरवाला वह लड़का,
दुबला-पतला वह लड़का,
गाता-मुसकराता भागा जा रहा था सड़क पर—
खुशी से उछलता, दोनों हाथ हवा में लहराते।
मैंने रोका,
रोककर उससे पूछा—
"क्या बात है? बहुत खुश हो!"
तब पाँच रुपए का सिक्का दिखाते हुए वह बोला—
"सड़क पर मिला था मुझे यह।"
कहकर चमकती धूप में घुमाने लगा उस सिक्के को,
ताकि उसे चमकते देख सके वह
नीले स्वेटरवाला वह लड़का।
मैंने पूछा—
"क्या करोगे तुम इसका?"
चहककर बोला—
"अपनी बेल्ट के लिए एक बकल खरीदूँगा :
हाँ, बकल खरीदूँगा।"
वह दुबला-पतला चुस्त लड़का
अपने लिए बकल खरीदेगा...
मैं सोचने लगा।
वह लड़का चल पड़ा—उसी चाल से,

वैसे ही गाता–मुसकराता,
एक घंटा पहले तक जो सिक्का मेरा था,
वह अब उसका हो गया—
क्योंकि मुझसे खो गया था वह सिक्का।

□

4

हमारी स्थानीय टीम

यह है हमारा बैटिंग का हीरो;
भीड़ का अभिवादन करता
वह फिर आ गया,
एक शानदार शॉट मारने के लिए,
और फिर
एक और शॉट मारने के लिए।
यह है हमारा जाँबाज गेंदबाज,
तेज, बहुत तेज दौड़ता है,
हालाँकि उसकी गेंद पर एक छक्का लग गया।
यह है उनका धुरंधर बल्लेबाज
बल्ले को हवा में लहराया
पर चूक गया मात्र एक इंच की दूरी से
विकेट कीपर के टाँके लगाने पड़े।
हमारा कप्तान कहाँ है?
नीचे है,
क्या कर रहा है?
गहरी नींद में सो रहा है।
आखिरी खिलाड़ी आता है,
अपने पैड से एक बाउंडरी मारता है,
एल.बी.डब्ल्यू.! नॉट आउट?
अंपायर स्वयं उसके डैड हैं!

□

2lit

5

और अब हम बारह हैं

लोग अकसर मुझसे पूछते हैं कि आपने इतने लंबे समय तक, लगभग 40 साल तक, लगातार मसूरी में रहने का फैसला क्यों किया।

"मैं यहाँ से जाने की बात ही भूल गया था।" मैं उन्हें बताता हूँ। लेकिन मसूरी में इतने लंबे समय तक बने रहने का यह वास्तविक कारण नहीं है।

यहाँ के लोग मिलनसार हैं; लेकिन कई अन्य स्थान भी तो ऐसे हैं जहाँ के लोग मिलनसार हैं। यहाँ की पहाड़ियाँ, घाटियाँ सब बहुत सुंदर हैं; लेकिन कुल्लू और कुमाऊँ की पहाड़ियाँ-घाटियाँ भी कम सुंदर नहीं हैं।

"यहीं परिवार पला-बढ़ा है और यहीं हम सब रहते हैं।" मैं लोगों को बताता हूँ तो वे लोग हैरान रह जाते हैं, जो मेरे बारे में नहीं जानते, क्योंकि एक लेखक के रूप में लोग मेरे बारे में यही जानते हैं कि मैं अकेला और कुँआरा हूँ।

"अविवाहित तो मुझे कहा जा सकता है, लेकिन मैं अकेला नहीं हूँ—क्योंकि 1970 में प्रेम आकर मेरे साथ रहने लगा था। एक वर्ष बाद उसकी शादी हो गई। उसके बच्चे हुए, जिन्होंने मेरा दिल चुरा लिया। वे बड़े हुए तो उनके बच्चे हुए, इन बच्चों ने मेरी बुद्धि चुरा ली। इस प्रकार अब मैं बारह सदस्यों के परिवार का मुखिया हूँ। कभी-कभी बच्चों के साथ मैं गेंदबाजी और बल्लेबाजी करता हूँ, लेकिन सामान्यतया मैं सबसे पीछे, बारहवें नंबर पर रहना ज्यादा पसंद करता हूँ—अपनी ड्रिंक्स में मस्त!"

पहले जब मैं अकेला रहकर लेखन कार्य किया करता था, उस समय मैं चूँकि भुनी हुई सेम (की फलियाँ) ही खाया करता था, इसलिए मोटापा था। पेट बढ़ने की संभावना बहुत कम थी। परंतु अब पहले जैसा नहीं रहा, अब मैं लेखक के साथ-साथ कुछ और भी हूँ। अगले दिन पाँच वर्षीय गौतम

आया और मेरी तोंद (जिसे मैं बालकॅनी कहना ज्यादा पसंद करता हूँ) थपथपाते हुए बोला, "दादा, आप को डब्ल्यू डब्ल्यू एफ (WWF) का सदस्य बन जाना चाहिए।"

"मैं पहले से उसका सदस्य हूँ।" मैंने कहा।

"वर्षों पहले मैंने वर्ल्ड वाइल्ड फंड (WWF) जॉइन कर लिया था।"

"नहीं, वो नहीं।" उसने कहा। "मैं वर्ल्ड रेस्टलिंग फेडरेशन (WWF) की बात कर रहा हूँ।"

आज मेरी तोंद है तो उसका श्रेय गौतम के दादा और अब उसकी माँ को जाता है, जिन्होंने हमेशा यह ध्यान रखा कि मैं खूब अच्छी तरह से खाऊँ।

चालीस साल पहले, जब मैं दुबला-पतला युवा था, लोग मुझे देखकर कहते, "बेचारा, जरूर यह कुपोषण का मारा है। इसने लेखन का पेशा क्यों अपनाया होगा?" अब वे ही लोग मुझे देखकर कहते हैं, "आप सोच भी नहीं सकते कि यह कोई लेखक रहा होगा। क्या ऐसा लगता है? कुछ ज्यादा ही खाया-पिया होगा।"

□

मार्च का सर्द महीना था, जब एक शाम प्रेम अपनी पत्नी और पहले बच्चे—जो उस समय मात्र चार माह का था—को लेकर गाँव से वापस आया था। उन दिनों बस स्टैंड से घर तक पैदल आना पड़ता था। जिस समय वे बस स्टैंड पर उतरे, उस समय बारिश हो रही थी। अत: वहाँ से घर तक आधे घंटे का रास्ता उन्हें भीगते हुए चलना पड़ा। बच्चे को पूरी तरह ढक रखा था। जब वे आगे वाले कमरे में प्रविष्ट हुए उस समय किसी तरह मैंने बच्चे का चेहरा देख लिया और बच्चे ने भी मुझे देखा। इस प्रकार पहली नजर में हम दोस्त हो गए। नन्हें राजेश ने (बाद में उसका नाम राजेश रखा गया) मेरी नाक पकड़ ली। उसकी नाक तो इतनी बड़ी थी नहीं कि मैं उसे पकड़ सकता; हाँ, मुलायम-सी ठुड्डी थी, जिसे मैं उँगली से गुदगुदाने लगा और तब तक गुदगुदाता रहा, जब तक उसने मुसकरा नहीं दिया।

मैपलवुड में वह दो साल तक रहा और इस दौरान उसका ज्यादातर समय मेरे साथ ही बीता। धीरे-धीरे उसने पेट के बल रेंगना सीखा, फिर घुटनों के बल चलना और फिर बैठक के इर्द-गिर्द लड़खड़ाते हुए चलना भी सीख गया।

मैं उसे बगीचे में घुमाने ले जाया करता था; बाद में मेन रोड की ओर जानेवाली ढालू पगडंडी पर भी ले जाने लगा। राजेश इस सैर-सपाटे का भरपूर आनंद लेता था। आनंद तो मुझे भी आता था, क्योंकि पेड़ों, फूलों, चिड़ियों, तितलियों और टिड्डों वगैरह की ओर इशारा करते हुए जब मैं राजेश को दिखाता था तो उस समय मुझे इन चीजों को बेहतर ढंग से देखने-समझने का मौका मिलता था।

कॉटेज के बाहर बलूत (ओक) के एक पेड़ पर गिलहरियों का एक जोड़ा रहता था। मसूरी में तो गिलहरी बहुत कम दिखाई देती है, लेकिन घाटी में अकसर देखने को मिल जाती हैं। यह जोड़ा गरमी की ऋतु में यहाँ आया होगा। जोड़ा हम लोगों के साथ काफी घुल-मिल गया था; हालाँकि हमारे हाथ से वे कुछ नहीं खाते थे, लेकिन जल्दी ही दोनों ने घर के अंदर बेधड़क आना-जाना शुरू कर दिया। बैठक की खिड़की सीधे ओक के पेड़ की ओर ही खुलती थी। इस कारण पेड़ पर रहनेवाले पक्षी वगैरह—जिनमें तिलचट्टों और छोटी-छोटी चिड़ियों के अलावा एक चमगादड़ भी था—हमेशा कॉटेज के अंदर-बाहर उछल-कूद करते रहते थे।

मैपलवुड में हमारा जीवन काफी आराम से चल रहा था और जब राकेश का छोटा भाई सुरेश पैदा हुआ तब हमें लगा कि हमारी पारिवारिक खुशियों का सिलसिला यूँ ही चलता रहेगा; लेकिन देखा गया है कि ऐसे समय पर विपत्ति आसपास ही मँडरा रही होती है। सुरेश मात्र एक वर्ष का था, जब उसे टिटनस हो गया। इलाज से कोई फायदा नहीं हो रहा था और अंततः एक दिन वह हमेशा-हमेशा के लिए हम सबको, दुनिया को छोड़कर चला गया। उसके माँ-बाप पूरी तरह टूट गए थे। मुझे राकेश की चिंता हो रही थी, क्योंकि वह बहुत स्वस्थ नहीं था और गाँव में उसके दो चचेरे भाई पहले ही तपेदिक (टी.बी.) का शिकार हो चुके थे।

वह साल मेरे लिए बहुत मुश्किल भरा रहा। मुंबई की एक पत्रिका में छपी मेरी एक कहानी के लिए मेरे खिलाफ एक आपराधिक मामला दर्ज करा दिया गया था, क्योंकि वह कहानी थोड़ी अमर्यादित-सी थी। मेरे खिलाफ मुंबई में मुकदमा चला; डेढ़ वर्ष की अवधि में मुझे पेशी के लिए तीन बार मुंबई जाना पड़ा। अंत में जाकर एक न्यायाधीश ने मेरे खिलाफ लगाए गए अभियोग को निराधार बताया और मुझे बाइज्जत बरी कर दिया। जीवन में पहली बार

मैं ऐसे किसी कानूनी झमेले में फँसा था और मुझे पूरी उम्मीद है कि यह आखिरी भी होगा। ज्यादातर कानूनी या अदालती मामले लंबे खिंचते हैं और इसमें सबसे ज्यादा फायदा होता है वकीलों का। मेरा मुदकमा और लंबा चलता; लेकिन इस प्रक्रिया के दौरान ही अभियोक्ता की हार्ट अटैक से मौत हो गई और उसके उत्तराधिकारी ने इसमें उतनी ज्यादा दिलचस्पी और तेजी नहीं दिखाई। एक स्थानीय राजनेता की शिकायत पर यह सारा मामला उठा था और जब उसने दिलचस्पी लेना बंद कर दिया तो मामला भी ठंडा पड़ गया। लेकिन मुकदमा दायर हो गया था तो उसे निपटाना तो था ही। बचाव पक्ष (जिसे संबंधित पत्रिका ने तैयार किया था) ने अपने गवाह पेश किए, जिसमें निसिम इजेकियल और मराठी नाटककार विजय तेंदुलकर शामिल थे। मैंने एक संक्षिप्त भाषण दिया था, जो बहुत यादगार नहीं हो सकता था, क्योंकि मैं उसे भूल गया हूँ। न्यायाधीश समेत वहाँ उपस्थित सभी लोग इस मामले से ऊब चुके थे। उसके बाद मैंने सारी विवादास्पद रचनाओं का प्रकाशन बंद करवा दिया। किसी की भावनाओं को चोट पहुँचाना कभी भी मेरा मकसद नहीं रहा है। मैं तो बस एक अर्थपूर्ण और शिक्षाप्रद कहानी का मकसद लेकर चल रहा था—और अब भी वही मेरा मकसद होता है।

मैं इस उम्मीद में था कि मैपलवुड में एक बार फिर मेरे पुराने सुख के दिनों का सिलसिला शुरू हो जाएगा; लेकिन ऐसा नहीं हुआ। लोक निर्माण विभाग की हमारे कॉटेज के ठीक नीचे एक 'रणनीतिक' सड़क बनाने की योजना थी और विभागवालों ने हमें किसी प्रकार की कोई सूचना या चेतावनी दिए बिना आसपास के सारे पेड़ काट डाले, जिसमें वह पुराना ओक का पेड़ भी था, और पहाड़ी के आसपास की जमीन पर बुलडोजर चला दिया गया। तब मैंने वहाँ से कहीं और चले जाने का फैसला कर लिया। प्रेम और चंद्रा (राकेश की माँ) भी यही चाहते थे—सड़क बन जाने के कारण नहीं, बल्कि वे उस घर को नन्हे सुरेश की मौत से जोड़कर देख रहे थे, क्योंकि कॉटेज के एक-एक कमरे एक-एक कोने से उसकी यादें जुड़ी थीं, जो हर पल दिलोदिमाग पर छाई रहती थीं। रात के सन्नाटे में अब भी उसकी दर्द भरी चीख और कराह सुनाई देती थी।

मैंने लैंडूर के ऊपर—पहाड़ से कोई हजार फीट ऊपर—किराए पर कमरे ले लिये। राकेश अब स्कूल जाने लगा था। मैं रोज सुबह उसे अपने साथ स्कूल

लेकर जाया करता था, जो क्लॉक टॉवर के पास था। दोपहर बाद स्कूल की छुट्टी होने पर प्रेम उसे लेने जाता था। घर से स्कूल तक का रास्ता आधे घंटे का था। रास्ते में राकेश मुझसे कहानी सुनाने को कहता और मैं हर रोज नई-नई कहानियाँ सुनाता था। ऐसा नहीं है कि नई-नई कहानियाँ बनानेवाला मैं सबसे अच्छा कहानीकार हूँ; काल्पनिक कहानियाँ भी मेरे वश के बाहर होती हैं। मेरी कहानियाँ अवलोकन, स्मृति और चिंतन पर आधारित होती हैं। छोटे बच्चे अभिनय वाली कहानियाँ ज्यादा पसंद करते हैं। इसलिए मैंने एक तेंदुए की कहानी बनाई थी, जो अपच की बीमारी से पीड़ित था, क्योंकि उसने एक आदमी को मारकर खा लिया था और उसकी बेल्ट का बकल तेंदुए के पेट में फँसा हुआ था। कहानी ठीक-ठाक चल रही थी, तभी राकेश अचानक पूछ बैठा कि अगर आदमी ने कपड़े पहने हुए हों तो तेंदुआ उसे कैसे खा सकता है? मैंने कहा, ''वह इतना चालाक है कि आदमी के ऊपर तभी झपटता है जब उसने पाजामा उतार रखा हो।''

यह कहानी वैसी नहीं है जैसी अच्छी-अच्छी चित्र-पुस्तिकाओं में होती है; लेकिन नए पाठकों के लिए कहानी लिखने की मैंने कभी कोशिश ही नहीं की। बचपन में रेड राइडिंग हुड की कहानी में नानी को खा जानेवाले भेड़िए से मैं बहुत डरता था, लेकिन माता-पिता अपने बच्चों के लिए इसे उपयुक्त मानते हैं। शायद उन्हें यही लगता है कि नानियाँ इसीलिए होती हैं।

उसी दौरान पहले मुकेश पैदा हुआ और दो साल बाद सावित्री (डॉली) पैदा हुई। सावित्री जब बड़ी हुई तो वह अपने नाम यानी सावित्री (जो मैंने अपनी पसंद से रखा था) से बहुत चिढ़ने लगी। दरअसल सावित्री नाम अब पुराना माना जाने लगा है, इसलिए हमने उसका नाम 'डॉली' रख दिया। अपने नाम को बच्चा किस प्रकार नापसंद करता है, यह बात मैं अच्छी तरह समझ सकता हूँ।

मेरा नाम पहले ओवन था, जिसका वेल्श भाषा में अर्थ होता है—बहादुर। बहादुर तो मैं किसी भी मायने में नहीं हूँ; यह नाम प्रयोग में लाना मैंने कभी पसंद नहीं किया। एक (माता-पिता को) दिया नाम और एक उपनाम बहुत है।

मेरी दादी ने कहा, ''लेकिन तुम्हें बहादुर (या हिम्मती) बनने की कोशिश तो करनी चाहिए, अन्यथा इस जालिम दुनिया में कैसे चल पाओगे?''

इस पर मैंने कहा, "चिंता मत करो, मैं बहुत तेज भाग सकता हूँ।"

ऐसी बात नहीं है कि मैंने बहुत दौड़ लगाई हो; हाँ, एक बार की बात को छोड़कर—जब एक खूबसूरत ऑस्ट्रेलियाई महिला यह सोचकर मेरे पीछे पड़ गई थी कि मैं उसके इशारों पर नाचनेवाला (उसका) पति बन सकता हूँ। मैं इसलिए नहीं भाग रहा था कि वह महिला है, बल्कि इस डर से भाग रहा था कि कहीं ऐसा न हो कि अपना शेष जीवन मुझे ऑस्ट्रेलिया में शहर से दूर किसी पशुशाला में बिताना पड़े। जिसने भी मुझे भारत से अलग करने की कोशिश की, उसे कड़े विरोध का सामना करना पड़ा।

□

लैंडूर की ऊँचाइयों पर अनेक मिले-जुले समुदाय के लोग रहते थे। मेरे निकट पड़ोसियों में एक फ्रांसीसी महिला—जो रात भर सितार बजाया करती थी (सचमुच, बहुत बुरी तरह) और एक स्पैनिश महिला थी, जिसके दो पति थे। दोनों पतियों में से एक की एक्यूपंक्चर चिकित्सा चल रही थी, लेकिन उसे देखकर लगता नहीं था कि चिकित्सा का कुछ लाभ उसे मिल रहा था, क्योंकि वह किसी रहस्य बीमारी से पीड़ित था और लगातार क्षीणकाय होता जा रहा था। दूसरा, आया और रहस्यमय ढंग से चला भी गया। अंत में भारी मात्रा में चरस ले जाते हुए दिल्ली हवाई अड्डे पर पकड़ा गया और अब वह तिहाड़ जेल में था।

इनके और कुछ अन्य दिलचस्प लोगों के अलावा वहाँ कुछ अच्छे-खासे प्रतिष्ठित लोग भी रहते थे—सेवानिवृत्त ब्रिगेडियर, एयर मार्शल और रीयर एडमिरल्स वगैरह—और लगभग सबके सब अपने-अपने संस्मरण लिखने में व्यस्त थे। मुझे उनके लेख पढ़ने या सुनने पड़ते थे। यह मेरे लिए किसी यातना से कम नहीं था। कुछ वर्ष पहले मैंने 'इम्प्रिंट' नामक एक पत्रिका के लिए कुछ संपादन कार्य किया था। उसमें मुझे सैकड़ों ऐसी पांडुलिपियाँ झेलनी पड़ीं, जो बहुत खराब हालत में थीं, कुछ को तो दुबारा लिखकर प्रकाशन के लायक बनाना पड़ा। उस काम को छोड़कर मैं बहुत खुश था; और अब मैं आर्मी, नेवी एवं एयरफोर्स के शीर्ष अधिकारियों के घेरे में फँस गया। उनमें से हर कोई दृढ़-संकल्प था कि मैं उसके लेखन को पढ़ूँ, अच्छी तरह से समझूँ, उसमें संशोधन करूँ और हो सके तो उसे छपवाने के लिए कोई प्रकाशक तैयार करूँ।

शुक्र था कि वे सब सेवानिवृत्त थे। कोर्ट मार्शल या गोली मारे जाने का डर नहीं था। लेकिन उनमें से दो ने अपनी-अपनी पत्नियों को मेरे पीछे छोड़ दिया था, जो रोज दोपहर में मेरे लिए होमवर्क लेकर पहुँच जाती थीं—मुझे टाइप की हुई पांडुलिपि पढ़कर उसे संपादित करना होता था। बचने का कोई रास्ता नहीं था। मेरे अपने लेखन से उन्हें कोई मतलब नहीं था। मैंने उनसे यह भी कहा कि मैं सितार बजाना सीख रहा हूँ, लेकिन इसे भी उन लोगों ने यह कहकर खारिज कर दिया कि तबला आपके लिए ज्यादा अच्छा रहेगा।

लैंडूर के ढाल से थोड़ा आगे प्रेम ने कमरों का एक सेट देखा था, जो बाजार और स्कूल दोनों के करीब था। मैंने तुरंत उसे किराए पर ले लिया। वह आइवी कॉटेज था। मन-ही-मन मैंने उन लेखकों से कहा, ''आना कभी, लेकिन अपनी ये पांडुलिपियाँ लेकर मत आना।''

वर्ष 1980 में, जब हम आइवी कॉटेज में रहने के लिए आए, उस समय हम छह लोग थे—डॉली उस समय पैदा ही हुई थी। चौबीस वर्ष बाद, आज हम बारह लोग हो गए थे। मैं समझता हूँ कि यह विस्तार ठीक ही था। बारह साल पहले राकेश की शादी हुई थी और दो साल पहले मुकेश की—परिवार के आकार में यह विस्तार इसी का परिणाम था। दोनों की शादी बीस की उम्र में ही हो गई और इस मामले में दोनों खुशकिस्मत ही रहे। बीना और विनीता—जो दोनों सगी बहनें हैं—ने अपनी खुशदिली और सकारात्मक सोच से हमारे जीवन में रंग भर दिया। इतना ही नहीं, उन्होंने जो सुंदर-सुंदर बच्चे हमें दिए उनसे हमारी जिंदगी जिंदादिल बन गई है। इस पर और चर्चा बाद में करेंगे।

आइवी कॉटेज कुल मिलाकर हमारे लिए, और खासकर मेरे लिए, बहुत अच्छा रहा। कुछ घर ऐसे होते हैं, जो उसमें रहनेवाले लोगों के लिए शुभ होते हैं, दूसरे घर ऐसे नहीं होते। मैपलवुड में स्वाभाविक रौनक और जिंदादिली का माहौल नहीं था। वहाँ उदासी का माहौल ही बना रहता था। लैंडूर के ऊपर जो घर हमने लिया था, वहाँ सूनापन बिखरा रहता था। देवदार के पेड़ों की ओर से आनेवाली हवा पर जैसे मातम का साया था; सितारवादकों के लिए वह प्रेरणादायी हो सकती थी, लेकिन मेरे जैसे किसी लेखक के लिए उसके पास कुछ नहीं था। वहाँ रहकर मैं ज्यादा कुछ नहीं लिख पाया।

इधर, आइवी कॉटेज—खासकर मेरा छोटा सा कमरा, जो उगते सूरज के ठीक सामने पड़ता था—रचनात्मक कार्य के लिए काफी अच्छा, अनुकूल रहा।

कोई भी पेपर उठा लेता और उस पर बच्चों की कहानियाँ, कविताएँ, लेख, उपन्यास आदि कुछ भी लिखने लगता और बहुत आसानी से लिख डालता। चूँकि मैं हाथ से लिखता हूँ, इसलिए जब भी मेरे मन में लिखने के लिए कुछ आता है, मुझे सिर्फ एक पैड, पेपर और पेज-प्रूफ की जरूरतें पड़ती हैं।

मैं यहाँ आया था, उस समय मेरी उम्र पचास वर्ष थी। अब मैं सत्तर वर्ष का हूँ और दूसरे लेखकों की तरह खाली पड़े रहने के बजाय मैं उतनी ही आसानी से लिखने में लगा रहता हूँ, जितनी आसानी से बीस की उम्र में लिखा करता था और लिखने में मुझे आनंद आता है। लिखना मेरे लिए कोई काम नहीं बल्कि एक शौक है, एक खेल है। जरूरी नहीं कि जो कुछ मैं दुनिया के लिए लिखता हूँ, वह तहलका मचानेवाला या बहुत महत्त्वपूर्ण हो, लेकिन प्रिय पाठको, अपनी भावनाओं को शब्दों का रूप देकर आपके सामने उतारते हुए तथा दुनिया और दुनिया के लोगों के साथ अपने संबंधों के बारे में आपको बताते हुए मैं इतनी उम्मीद जरूर करता हूँ कि इससे आपके जीवन में किसी-न-किसी रूप में थोड़ी खुशी, थोड़ी चमक आएगी।

जीवन कोई फूलों की शय्या नहीं होता; मेरा जीवन भी कोई फूलों की शय्या नहीं रहा है। धन से मिलनेवाली सुख-सुविधाएँ मुझे कभी नहीं मिलीं, लेकिन यहाँ सबकुछ मेरा अपना था—समय अपना, काम अपना और करने का तरीका अपना। जिंदगी से और मैं माँग ही क्या सकता हूँ? मुझे कोई बड़ा नकद पुरस्कार मिल जाए तब भी मैं आपको यहीं दिखाई दूँगा। अपनी खिड़की से बाहर का दृश्य देखने का शौकीन जो ठहरा। इसके अलावा, जब गौतम मेरे पास आता है और मेरी तोंद पर हाथ थपथपाते हुए कहता है कि एक दिन आप एक अच्छे गोलकीपर बनेंगे, तो मुझे बहुत अच्छा लगता है।

आज इतवार का दिन है। सुबह का समय है और मैं यह अध्याय पूरा करने वाला हूँ। घर में बहुत कोलाहल हो रहा है। सिद्धार्थ की फुटबॉल बार-बार आकर बाहर के दरवाजे से टकरा रही है। सृष्टि अपना नृत्य का अभ्यास कर रही है। गौतम की उँगली कट गई है, जिसे वह सेलोटेप से बाँधने की पूरी कोशिश कर रहा है। राकेश के तीनों बंदूकचियों में वह सबसे छोटा है और शायद सबसे ज्यादा स्वतंत्र विचार का भी। सिद्धार्थ, जो अब दस साल का हो गया है, परेशान है। वह पूरे मन और ऊर्जा से कभी काम नहीं करता। 'कक्षा में पढ़ाई में पूरा ध्यान नहीं देता'—उसकी अध्यापिका कहती है। साठ

बच्चों की कक्षा में एकाग्रचित्त होकर बैठ पाना किसी के लिए भी मुश्किल काम है। बेचारी अध्यापिका कैसे एकाग्रचित्त रह पाती होगी?

प्रिय पाठक, अगर आप लेखक बनना चाहते हैं तो सबसे पहले आपको अपने मन से यह धारणा निकालनी पड़ेगी कि कुछ लिखने के लिए पूर्ण शांति पहली जरूरत है। पूर्ण शांति जैसी कोई चीज होती ही नहीं है और अगर होती भी है तो वह आपको किसी मठ में या पर्वत की गुफा में ही मिल सकती है और किसी पर्वत की गुफा में रहकर आप किस चीज के बारे में लिखेंगे? एक लेखक में इतनी क्षमता होनी चाहिए कि वह बस में, रेलगाड़ी में, बैलगाड़ी में, पार्क की बेंच पर बैठकर या शोरगुल से भरे क्लासरूम में बैठकर, अच्छे मौसम में या खराब मौसम में—कहीं भी और कभी भी लिख सके।

निस्संदेह (लिखने के लिए) सबसे अच्छी जगह मेरे बेड के बगल में पड़ी यह डेस्क है, जिस पर सूरज की रोशनी पसरी रहती है। धूप हमेशा तो नहीं रहती, लेकिन जिस दिन धूप रहती है वह दिन लिखने के लिए बहुत अच्छा होता है, जैसे आज है। बच्चे स्कूल जाने के लिए तैयार हो रहे हैं। गली में कुत्ते भौंक रहे हैं। उधर पानी के नल के पास दो औरतों में कहा-सुनी हो रही है, क्योंकि नल में पानी नहीं है। लेकिन यह शोर-शराबा मेरे लिए नहीं है, थोड़ी देर में सब शांत हो जाएगा।

ये देखिए! यह अतीश है, मुकेश का दस माह का बेटा, गलीचे पर रेंगता चला आ रहा है—यह जानने के लिए कि बेड के किनारे बैठकर मैं आखिर क्या लिख रहा हूँ; जबकि इस समय मुझे उसके साथ खेलना चाहिए था। तो अब मैं पाँच मिनट तक उसके साथ खेलूँगा और फिर वापस इस पेज पर आऊँगा। उसे समय देना जरूरी है। आखिरकार वह बड़ा होगा, तब मैं उसके पास नहीं रहूँगा।

आधे घंटे बाद—अतीश मेरे साथ खेलते-खेलते ऊबने लगा, लेकिन इसी बीच गौतम मेरी कलम लेकर भाग गया। जब मैं उससे कलम वापस माँगने लगा तो कहने लगा, "आप कंप्यूटर क्यों नहीं लेते? फिर उस पर हम गेम खेलेंगे।"

"मेरी कलम कंप्यूटर से ज्यादा तेज है।" मैंने कहा, "आज सुबह बिस्तर में से निकले बिना ही मैंने तीन पेज लिख डाले। और कल बिल्लू के अखरोट के पेड़ के नीचे बैठकर दो पेज लिखे थे।"

''तभी एक अखरोट आपके सिर पर गिरा था।'' गौतम बोल पड़ा, ''चोट लगी थी?''

''बहुत हलकी-सी।'' चेहरे पर साहस का भाव दिखाते हुए मैंने कहा।

अखरोट उसने अपने पास रख लिया था, जिसे वह मुझे दिखाने लगा। धूप में वह चमक रहा था।

''चलो, इसे जमीन में गाड़ दें।'' मैंने कहा। ''फिर वसंत में अखरोट का पेड़ उग आएगा।''

हम बाहर निकले और एक खाली पड़े भूखंड में उस अखरोट को बो दिया। अब वह पेड़ बन गया है।

□

6

मोहभंग

हम लपलपाती आग के पास बैठे थे,
जो हरी-हरी लकड़ियों को झुलसाती,
जलाती लाल-लाल लपटें
निकालती जल रही थी,
और उसकी चमक में हमारे चेहरे भी
चमकने लगे थे।
जंगल में आप और मैं अकेले थे,
तभी एक जिप्सी आया—
सर्दी से काँपता और शोर मचाते बच्चे
और दो नौजवान,
और बरतन व कड़ाहियाँ और मांस की महक,
और एक महिला—
जो सर्दी से काँपती
अपने आपसे ही कुछ बुदबुदा रही थी—
और एक बड़ा, बहुत बड़ा सा कुत्ता!
आप हँसते-हँसते एक पुराना गीत
गुनगुना रहे थे
मधुर आवाज में,
जैसे प्रात:काल भौंरा
गुनगुनाता हो।
नवंबर के दिनों की तरह सबकुछ
तेजी से बीत गया,
इतनी तेजी से कि कुछ याद ही नहीं रहा

□

7

सादा जीवन

ये विचार और अवलोकन 1980 के दशक की मेरी डायरी की प्रविष्टियों में से लिये गए हैं। इनसे पाठकों को शायद उन उतार-चढ़ावों के बारे में कुछ जानने को मिले, जिनका एक लेखक के रूप में अपने आपको प्रतिष्ठित करने की राह पर चलते हुए मुझे सामना करना पड़ा।

मार्च 1981

बीस वर्ष के अंतराल के बाद 'द रूम ऑन द रूफ' (मेरा पहला उपन्यास) का स्कूलों के एक संस्करण में पुनर्मुद्रण हुआ।

(यह महत्त्वपूर्ण था, क्योंकि इसके साथ ही शैक्षिक प्रकाशन के क्षेत्र में मेरा प्रवेश हुआ। धीरे-धीरे मेरी और भी रचनाएँ देश भर के स्कूली बच्चों के बीच आ गईं।)

होली का दिन। आँधी-तूफान का मौसम। कमरा भर गया। बारी-बारी से सभी गले की खराश और बुखार से पीड़ित। बिस्तर पर पड़े-पड़े ही स्टेंडहल की 'स्कारलेट एंड ब्लैक' पुस्तक पढ़ी। गंभीर होकर शायद मैं तभी पढ़ता हूँ जब बीमार होता हूँ।

स्वास्थ्य थोड़ा ठीक लगा तो टेहरी रोड पर घूमने के लिए निकल गया। पेड़ों में नई कोंपलें आ गई हैं। मैपिल के पेड़ों में लगी हरी-हरी चमकती पत्तियाँ बहुत अच्छी लग रही हैं। सभ्यता के विकास में भले मेरा कोई योगदान नहीं रहा हो, लेकिन उससे मैंने कुछ छीना भी नहीं है। न कोई पेड़, न कोई पक्षी और न कोई झाड़ी। यहाँ तक कि मैं एक मकड़ी को भी दीवार पर से नहीं हटाता हूँ, बशर्ते वह मेरे तकिए पर न आए।

अप्रैल

बतासी चिड़ियाँ (अबाबील की तरह की एक चिड़िया) छत में अपना

घोंसला बनाने में व्यस्त हैं और मेरी खिड़की के बाहर उछल-कूद कर रही हैं। ये चिड़ियाँ अपने सारे काम उड़ते हुए करती हैं। ऐसा लगता है, अपने बच्चों को चारा चुगाने से लेकर सहवास तक। सच, हवा में उड़ते हुए सहवास करना किसी करतब से कम नहीं है।

किसी ने मेरा अभिवादन किया, क्योंकि मैं 'हरदम मुसकरा' रहा था। मैंने उन्हें अपने पास बुला लेना बेहतर समझा। चापलूसी से आपको कुछ मिलेगा।

(इसके बाद डायरी प्रविष्टि में तीन माह का अंतराल, जैसे कोई अगली प्रविष्टि में वर्णित हो।)

पैसे की तंगी। क्या करूँ, कैसे करूँ? चिंता, मेहनत व परेशानी। चेहरे पर से मुसकराहट गायब।

थोड़ा टेढ़े-मेढ़े रास्ते से चलना सीखो। कुछ अलग करने की कोशिश करो।

अगस्त

एक माह तक रोज एक लेख। (Grub Street) ग्रब स्ट्रीट दुबारा!

साहस

इच्छा-शक्ति

शांति

इन शब्दों से नेपोलियन को बहुत मदद मिली; लेकिन क्या मुझे भी इनसे कुछ मदद मिलेगी?

हर किसी को कोसने की कोशिश करता हूँ। पैसे की आवक में आनेवाली रुकावट को कोसता हूँ।

उसे कोसता हूँ, जो मेरी सारी मेहनत को बेकार कर देता है।

उन सबको कोसता हूँ, जो मेरे प्रियजनों को नुकसान पहुँचा सकते हैं।

और अब कोसना बंद करो तथा जीवन में आपको जो भी खुशियाँ मिली हैं उनके लिए धन्यवाद करो।

'जो चीज हमारे पास नहीं है, उसकी इच्छा में हमें उसे नष्ट नहीं करना चाहिए, जो हमारे पास है। लेकिन याद रहे, जो कुछ भी आज हमारे पास है, वह कुदरत का उपहार है।'

—एपिक्यूरस

'सपनों को सच मानकर उन्हें छूने या ऐसे मुकाम को पाने की कोशिश

करने—जो सिर्फ नाम के लिए होता है—की बजाय हमें थोड़ा व्यावहारिक होना चाहिए।'

—एच.एम. टॉमलिंसन, टाइड मार्क्स

अक्तूबर

कॉसमॉस के फूलों के लिए अच्छा साल। चारों ओर उनका अंबार। दिन भर की खिली धूप उनके लिए अनुकूल होती है। स्वच्छ और ताजे—मेरा पसंदीदा फूल।

लेकिन जंगली कॉमेलिना—गहरे हरे रंग के साथ आसमानी नीले रंग का—मन को बहुत भाता है।

□

एक बचपन हमारे अवचेतन मन में फँसा पड़ा रह जाता है। उसे मैंने बाहर निकालने की कोशिश की है।

एक...बिल्ली की तरह बेंच पर पसर जाता है और चीते की तरह की उसकी चमकती सुनहरी आँखों में अस्त होता सूर्य दिखाई देने लगता है।

(बहुत विचित्र बात है कि सुंदर नौजवान एक भद्र पादरी बन गया था)

दिसंबर

अँधेरे में एक चुंबन...गर्मजोशी से भरा और तन-मन में रोमांच भर देनेवाला...उस क्षण की यादें लंबे समय तक मन में रहीं।

एक कविता लिखी—"किसने चूमा मुझे इस अँधेरे में?" लेकिन यह उस चुंबन की सुखद अनुभूति को शब्दों में व्यक्त नहीं कर पा रही थी। उसे फाड़ दिया।

7 दिसंबर की रात हलका हिमपात। मेरी समझ में लैंडूर में सबसे पहला हिमपात। प्रातःकाल का पहाड़ी का दृश्य बहुत मनोरम हो गया—पेड़ों और घरों की छतों पर जमी बर्फ, बस स्टॉप पर खड़े वाहन।

जनवरी 1982

तीन दिन तक बारिश, हिमपात और हवाएँ। बेडरूम से सबके सब बाहर निकले। डाइनिंग रूम (भोजन कक्ष) को बेडरूम यानी शयनागार में तब्दील कर दिया। बाकी सब तो ठीक था, लेकिन हवाएँ असहनीय हो रही थीं, जो इन पुराने घरों को चीरकर अंदर प्रवेश करती प्रतीत हो रही थीं। बरामदे और

खिड़कियों के रास्ते बर्फ अंदर तक आ रही थी।

लगातार घर के अंदर रहते-रहते ऊब गए। हलकी बर्फबारी में ही निकला और लाल तिब्बा तक गया। वापस आकर एक कहानी लिखी—'द विंड ऑन हांटेड हिल' (The Wind on Haunted Hill)।

मैं लक्ष्मी का आह्वान करता हूँ, जो पूर्णिमा के चाँद की तरह अपना शीतल प्रकाश सब ओर बिखेरती है।

सब ओर उनका गुणगान होता है। उनके उदार हाथ कमल की तरह हैं। मैं उनके चरण-कमल में शरण चाहता हूँ।

देवी, मैं तुम्हारी शरण में आया हूँ।

मेरी निर्धनता को हमेशा के लिए दूर कर दो।

फरवरी

मेरे लड़कपन के दिन मुश्किल भरे रहे। लेकिन मेरे मन में सपने थे, जिनसे मुझे स्वयं को मुश्किलों से ऊपर उठाकर आगे बढ़ने की शक्ति मिलती रही। अब लोग किसका सपना देखते हैं? लेकिन कभी-कभी जब सारे उपाय विफल हो जाते हैं, उस समय विनोद या हँसी-मजाक काम आता है।

बच्चों (राकी, मुकी, डॉली) से मुझे खुशी मिलती है। सब बच्चों से मिलती है। कभी-कभी मैं सोचता हूँ कि छोटे बच्चे ही हैं, जो दुनिया में सबसे सरल और पवित्र होते हैं। बच्चे और फूल। हवाएँ और हिमपात जारी। उदासी के बावजूद एक नया निबंध लिखा।

मार्च

रात में बर्फबारी। सुबह एक फुट ऊपर तक बर्फ दिखाई दे रही थी। पूरे महीने ऐसे ही चलता रहा। बृहस्पति का प्रभाव, बर्फ के कारण कम-से-कम घर की छत तो उड़ने से बची रहती है, जैसा पिछले वर्ष हुआ था। पूर्वाभिमुख (जिधर से हवाएँ आती हैं) होने से कोई लाभ नहीं होता और घर भी कितना तो पुराना है।

□

मध्य मार्च के साथ ग्रीष्म ऋतु का आगमन। बाल कटवाए। रामकुमार की पूरी कोशिश कि मैं 1930 के दशक के किसी फिल्म स्टार की तरह दिखूँ। मुझे लगा कि मुझे किसी और नाई से बाल कटवाने चाहिए थे, लेकिन वह

(रामकुमार) बहुत अच्छा व्यक्ति है। मैं थोड़ा अजीब-सा दिखाई दे रहा हूँ— मैंने बाद में कहा। ('बिली द किड' के वलास बीयरी की तरह) "चिंता मत कीजिए।" उसने कहा।

"आपको इसकी आदत पड़ जाएगी।"

"तुमने मेरे बाल अमिताभ बच्चन की हेयर स्टाइल में क्यों नहीं काटे?"

"उसके लिए आपके सिर में बाल कम हैं।" उसने कहा।

□

बस खड्डे में गिरी, कई यात्री मारे गए। मौत अच्छे-बुरे, दोषी-निर्दोष या अमीर-गरीब में भेद नहीं करती। अंतर सिर्फ इतना होता है कि गरीब लोग प्रायः इसे बेहतर ढंग से सँभाल लेते हैं।

मार्च का उत्तरार्ध

मसूरी में काले बादल छा गए। इतने काले बादल मैंने पहले कभी नहीं देखे थे। आधे घंटे तक बारिश हुई। बारिश के बाद आसमान बिलकुल साफ हो जाता है। इस प्रविष्टि के समय भी आसमान में इंद्रधनुष बनता दिखाई दे रहा है।

मुझ पर लक्ष्मी की कृपा हुई। चेकों की आवक शुरू—'एंग्री रिवर' (Angry River) और 'द ब्लू अंब्रेला' की रॉयल्टी के रूप में। पिछले वर्ष की तंगी से राहत।

पूर्णता

दुनिया का सबसे छोटा कीड़ा एक प्रकार की मक्खी होता है, जिसकी लंबाई एक मिलीमीटर के पाँचवें हिस्से के बराबर होती है। नंगी आँखों से इसे सिर्फ देखा भर जा सकता है। यह मक्खी एक धूल कण की तरह ही दिखाई देती है, लेकिन इसके नन्हे पंख अपने आप में पूर्णता लिये होते हैं। इतना ही नहीं, इसकी टाँगों पर कंघीनुमा संरचना ही अपने आप में पूर्ण होती है, जिसकी सहायता से यह अपने शरीर को साफ करती है।

अप्रैल का उत्तरार्ध

काले-काले डरावने बादल और ठंड के साथ बारिश। बारिश में ही उषा गुलाब और आइरिस के फूल लेकर आई। साथ में लाई अपनी मधुर मुसकान।

मध्य मई

राकी (मेरा जीवन-वृत्त पढ़ने के बाद) : "दादा, आप 1934 में पैदा हुए थे। और अभी तक (जिंदा) हैं।" थोड़ा रुककर : "आप बहुत खुशनसीब हैं।"

मुझे लगता है कि इस मामले में मैं खुशनसीब हूँ।

जून

इस वर्ष अपना छठा लेख 'द मॉनीटर' पूरा किया।

(सन् 1965-2002 के मध्य बोस्टन की पत्रिका 'द क्रिश्चियन साइंस मॉनीटर' के लिए कभी-कभी लिखा करता था।)

बंबई से प्रकाशित होनेवाली और लीला नायडू, डॉम मोराएस तथा डेविड डेविडार द्वारा संपादित एक नई पत्रिका 'कीनोट' (Keynote) के लिए एक लेख लिखा।

यह लेख अगस्त के अंक में छपने वाला था। अब मुझे बताया गया कि पत्रिका बंद हो गई। (लेकिन डेविड डेविडार पैंग्विन इंडिया में चले गए)

जुलाई

मानसून जोरों पर। बेडरूम की दीवार हिलने लगी। भूस्खलन के कारण टेहरी रोड की ओर की मेरी सैर बंद।

उषा : एप्रीकॉट (खुबानी) के फूल की तरह का एक रंग धुंध में दिखा।

सितंबर

दो सपने : एक स्वप्न, बल्कि दु:स्वपन कहूँगा लगातार बार-बार आता रहा—मैं एक महँगे होटल में ठहरा हूँ और वहाँ मजबूरी में मुझे मेरी योजना से ज्यादा दिनों तक रुकना पड़ गया; मेरे पास पैसे कम हैं। लेकिन अच्छा हुआ कि बिल मेरे पास नहीं आया था, तभी मेरी आँख खुल गई।

अभिप्राय : असुरक्षा का डर। मेरा और सपना, जो अकसर लोग देखते हैं—ऊपर से गिरना, लेकिन जमीन पर गिरने से पहले ही आँख खुल जाना। एक और सपना, जो कभी-कभी आता है। पहाड़ी की हिलती ढाल पर बने घर में रहना। यह सपना सच्चाई से ज्यादा दूर नहीं है।

□

अच्छा दिन। पहाड़ी के ऊपर और आसपास की सैर की तथा सिर पर

से मकड़ी के कुछ जाले निकाले।

वही व्यक्ति शक्तिशाली है, जो अकेला डटा रहता है।

कुछ सूक्ति वाक्य (जो भविष्य में काम आएँगे)—

संतुलित या संयमित व्यक्ति : ऐसा व्यक्ति जिसके दोनों कंधों पर एक चिप होती है।

अनुभव : दुबारा गलती करने से पहले उसकी पहचान कर लेने की समझ।

सहानुभूति : एक महिला से कुछ जानने के लिए दूसरी महिला द्वारा दिखाया जानेवाला अपनेपन का भाव।

चिंता : परेशानी आने से पहले ही उसका बोझ लेकर चलना।

अक्तूबर

थोड़ी निराशा हुई, जैसा फिल्मों के लिए काम करने में अकसर होता है, ('किम' फिल्म की रीमेक बनानेवाले किसी निर्माता के लिए मैंने पटकथा लिखी थी।) लेकिन इस तरह अगर मैं निराश होने लगता तो पच्चीस वर्ष पूर्व ही लेखन कार्य छोड़ चुका होता।

गोधूलि में थोड़ा सा टहला। अच्छा लगा। पहाड़ी की चोटी पर से शीत-रेखा को निहारने लगा।

स्कूल की दौड़ प्रतियोगिता में राकी को प्रथम स्थान मिला। सावित्री (डॉली) दो साल की हुई। खुद को समझाया : अपनी ऊर्जा को बचाओ। कम बोला करो।

'लोग आपके बारे में यह सोचें कि आप इतना क्यों बोलते हैं, इससे अच्छा है कि वे सोचने को मजबूर हो जाएँ कि आप बोलते क्यों नहीं हैं।'

—डिजरायली

□

'द फ्यूनरल' लिखी जो मेरी अच्छी-से-अच्छी कहानियों में से एक है।

'मौत अगर पैसे से खरीदने की चीज होती तो अमीर जिंदा रहते और केवल गरीब मारे जाते।'

कैलीफोर्निया में आप मौत के बाद अपने शरीर को बर्फ में रख सकते हैं—इस उम्मीद में कि अब से 100 साल बाद कोई वैज्ञानिक आएगा और वह आपको पुनः जीवित कर देगा। बेशक इसके लिए एडवांस में पैसे दे दीजिए।

दिसंबर

फिल्मों या फिल्म निर्माताओं के साथ मेरी बहुत अच्छी किस्मत कभी नहीं रही है। अंततः पाँच वर्ष बाद श्री के.एस. वर्मा ने मेरी कहानी 'द लास्ट टाइगर' पर अपनी फिल्म पूरी की; लेकिन इसके लिए उन्हें कोई डिस्ट्रीब्यूटर नहीं मिला। कहानी के एवज में मुझे जो छोटी रकम मिली, उसके लिए मुझे अफसोस नहीं है। दरअसल, उनके पास धन की कमी हो गई थी—और चीतों की भी कमी; और फिल्म की शूटिंग पूरी करने के लिए उन्हें बिहार व उड़ीसा की ओर उन्मुख होना पड़ा। ज्यादा निकट का दृश्य लेने के लिए वह एक सर्कस के टाइगर का इस्तेमाल कर रहे थे; एक दिन वह भी गायब हो गया और एक अभिनेता भी। टॉम आल्टर शिकारी का रोल कर रहे थे, साथ ही अन्य रोल भी कर रहे थे, जो इसी तरह जोखिम भरे थे। उन्हें तो कुछ नहीं हुआ, चीते ने उन्हें बख्श दिया, लेकिन फिल्म कभी परदे पर नहीं आ सकी।

□

एक पुराने दोस्त का आखिरी पोस्टकार्ड—'प्रिय मित्र रस्किन, क्रिसमस पर हमारे साथ लंच करने का अपना वादा तुम्हें पूरा करना होगा। प्लीज आना जरूर। कांशी और मुझे दोनों को तुम्हारे साथ की जरूरत है। इस बार पार्टी थोड़ी छोटी होगी, क्योंकि हमारे ज्यादातर दोस्त या तो असमर्थ हैं या मर गए हैं। राकेश और मुकेश को भी ले आना। जवाब जरूर देना। पिछले दो दिन से सर्दी से पीड़ित हूँ और इस कारण बिस्तर पर पड़ा हूँ। प्लीज निराश मत होना।'

तुम्हारा प्यारा दोस्त
विन्नी

(क्रिसमस पार्टी पर हम मिले तो जरूर, लेकिन विन्नी की सर्दी निमोनिया में बदल गई और उसके बाद विन्नी और कांशी के साथ हमारी कोई पार्टी नहीं हुई। आज भी मुझे उनकी याद आती है।)

जनवरी 1984

मनीराम के घर गया, जो लाल टिब्बा के पास है। मनीराम एक वर्ष के थे, जब उनकी माँ का स्वर्गवास हो गया था। दादी ने उन्हें पाला-पोसा। उनके घर में दो गायें, दो बछड़े और कुत्ते का एक बच्चा है, जिसकी प्रजाति का पता नहीं। एक गिलास दूध पिलाया। वर्षों से दूध नहीं पिया था; पी नहीं पा रहा

था। लेकिन पीना पड़ा, ताकि उनकी भावनाओं को चोट न पहुँचे। (मनी और उनकी दादी का जिक्र मेरी बाल कहानी 'गेटिंग ग्रैनीज ग्लासेज' में आया है।)

□

6 जनवरी को कड़ाके की सर्दी थी। बेडरूम की छत से बर्फ अंदर आ रही थी। बाहर घूमने के लिए पैसे नहीं थे, लेकिन कम-से-कम लकड़ी और कोयला लाकर जलाने भर के लिए तो पैसे थे। सर्दी मुझे बहुत बुरी लगती है, लेकिन बच्चों को मजा आता है। राकी, मुकी और डॉली खूब जोश में हैं।

फरवरी

दो दिन और दो रात बर्फीली हवाएँ—सनसनाती हवाएँ, बर्फबारी और उपल-वृष्टि। प्रेम ने हिम्मत की और बाहर जाकर कोयला व मिट्टी का तेल लाया। सचमुच इतना खराब मौसम पहले कभी नहीं देखा था। तंग आ गया था।

मार्च

आड़ू, बेर और खुबानी (एप्रीकॉट) के पेड़ों में फूल आ गए। मौसम सुहावना था। स्कूल दुबारा खुल गए।

अपनी दो बाल पुस्तकों के जर्मन और डच भाषा में अनुवाद के अधिकार बेचे। सोचता हूँ, कुछ ऐसा लिखूँ, जिसका दीर्घकालिक उपयोग हो। मैंने कुछ अच्छी कहानियाँ लिखी हैं, लेकिन दुनिया भर के प्रेसों से निकलनेवाले उनके सारे शब्द-विन्यासों के बीच बड़ी आसानी से खो गई।

ये कुछ आँकड़े हैं, जो दो वर्ष पहले मुझे यू.के. से मिले थे। ब्रिटिश संग्रहालय में कोई 90 लाख पुस्तकें हैं, जो 86 मील लंबी अलमारी को भर सकती हैं।

50 हजार ब्रिटिश लेखक हैं। वे अमीर नहीं बन सके। सोसाइटी ऑफ ऑथर्स के नवीनतम सर्वेक्षण के अनुसार 55 प्रतिशत लेखक, जिनका मुख्य पेशा लेखन है, 700 पौंड प्रतिवर्ष तक ही कमा पाते हैं।

ब्रिटेन में 8,500 पुस्तक विक्रेता हैं और कई अन्य ऐसी दुकानें हैं, जहाँ पुस्तकें बिकती हैं।

ब्रिटेन में मुद्रित होनेवाली पहली पुस्तक 'द डिक्टेस एंड सेइंग्स ऑफ द फिलॉसफर्स' थी, जिसका अनुवाद और मुद्रण विलियम कैक्सटन द्वारा सन्

1477 में किया गया था।

कैक्सटन की पहली पुस्तक के बाद ब्रिटेन में पाँच शताब्दियों में जितनी पुस्तकें छपीं उतनी ही पुस्तकें 1940 से 1980 के बीच में छपीं।

कौन कहता है कि लोगों में पढ़ने की आदत खत्म हो रही है।

अप्रैल

मेरे बचपन की साहसिक हवा—आज एक बार फिर मुझे इसका अहसास हुआ। पहाड़ों की श्रृंखला को निहारने के लिए पाँच मील चलकर सुआखोली तक गया।

असीम और अनंत आकाश की अनुभूति पहाड़ों के बीच रहकर ही की जा सकती है। भावनात्मक आवेग ही है, जो बार-बार हमें पहाड़ों की ओर आकर्षित करता है। हमारे पूर्वजों को जो विश्वास था कि देवतागण धरती के ऊँचे-ऊँचे स्थानों यानी पहाड़ों पर रहते हैं—यह यूँ ही सिर्फ रहस्यवाद या धर्म से प्रेरित नहीं था, वे देवता आज भी वहाँ रहते हैं—हम उन्हें चाहे जिस नाम से जानें। समय-समय पर हम उनके निकट जाना और उनके बारे में तथा अपने स्वयं के बारे में और ज्यादा जानना चाहेंगे।

मई

अपनी उम्र की अर्धशती पूरी की और 51वें वर्ष में प्रवेश किया। पचास की उम्र अकसर लोगों के लिए खतरनाक होती है। पिछले वर्ष खुशियाँ मनाने के लिए कुछ नहीं था और वर्ष के अंत में मेरी डायरी कूड़ेदान में चली गई। दु:खद प्रेम-प्रसंग था (पाठकगण, पचास की उम्र में प्यार-वार के चक्कर में मत पड़ना)। प्रेम के घर से गायब हो जाने के कारण घर में संकट की स्थिति थी—प्रकाशकों, दोस्तों और मेरे साथ झड़प। इसलिए पचास का होने से बचिए। जितनी जल्दी हो सके, इक्यावन के हो जाइए। शांति रहेगी। पचास की उम्र में अगर प्यार के चक्कर में पड़े तो घर में उथल-पुथल और निराशा निश्चित है। प्यार के बारे में बड़े-बड़े विद्वान् लोग जो कुछ कहते हैं, उस पर ध्यान मत दीजिए। पी.जी. वोडेहोस ने स्पष्ट शब्दों में लिखा है, "प्रेम किस प्रकार व्यक्ति को बदलकर रख देता है, उसकी कल्पना नहीं की जा सकती।" खासकर उस समय, जब पचास की उम्र का कोई व्यक्ति सोलह साल के किशोर जैसा व्यवहार करने लगे।

महीने की मेरी कमाई का अधिकांश हिस्सा दंत-चिकित्सक के पास गया

और मैं देख रहा हूँ कि आजकल वह नया सूट पहनकर घूम रहा है।

जून

एक नाम—उसका प्यारा-सा चेहरा—जो मुझे पैंतालीस वर्ष पहले के दिनों की याद दिलाता है, जब मैं जामनगर में एक छोटा सा लड़का था, जहाँ मेरे पिताजी छोटे-छोटे राजकुमारों और राजकुमारियों को पढ़ाया करते थे; जिनमें एक थी म,— जिसकी फोटो आज भी मेरे एलबम में है (जो मेरे पिताजी लेकर आए थे)। मेरा लिखा कुछ पढ़ने के बाद उसने मुझे एक पत्र लिखा, जिसमें वह जानना चाहती थी कि क्या मैं वही छोटा लड़का यानी मि. बॉण्ड का शरारती बेटा हूँ। मैंने जवाब दिया—बिलकुल।

पिताजी की यादों से जुड़ी चीजें कम ही थीं और वैसे भी वह मेरा पहला प्यार थी। कितनी पुरानी बात है, लेकिन लगता है जैसे अभी कल की ही बात हो।

□

मानसून शुरू।

धन का सूखा शुरू।

और इस साल वरुण देवता कृपा बनाए रखें।

वर्ष की शेष प्रविष्टियों में इधर-उधर की बातें कीं, जिनका निष्कर्ष था कि आइवी कॉटेज, लैंडूर में जीवन बहुत आराम से चल रहा था। लेकिन वरुण देवता ने एक-दो चाल चलीं। शुरू में तो कृपा की, लेकिन वर्ष का आखिरी हिस्सा सूखा ही रहा, जैसा मेरी दिसंबर मध्य की प्रविष्टि से पता चलता है : 'शुष्क मौसम के ढाई महीने बाद चारों ओर धूल जम जाती है, बादल बनते हैं, लेकिन बिखर जाते हैं।' मैंने अपनी कहानी 'डस्ट ऑन द माउंटेन' लिखी।

1985

इस वर्ष की डायरी के आरंभ के पन्ने पर दो सूक्ति वाक्य लिखे हैं—'अपने स्वयं के ऊपर दबाव डालो और निर्मल मन से काम करो।' यह बात तो मैं विश्वासपूर्वक नहीं कह सकता कि इनमें से किसी पर मैं खरा उतरा हूँ, लेकिन कम-से-कम कोशिश तो जरूर की है और कोशिश से ही सबकुछ होता है।

जनवरी

कविताओं और प्रार्थनाओं की मेरी पुस्तक स्वीकृति के सात वर्ष बाद अंततः 'थॉमसन प्रेस' द्वारा प्रकाशित हुई। उसकी एक प्रति मिली। आशा है कि यह प्रति अकेली नहीं रहेगी। सुधा द्वारा बनाए चित्र बहुत सुंदर लगे। इसके बाद ही थॉमसन प्रेस ने बच्चों की पुस्तकों का अपना अनुभाग बंद कर दिया और उसके साथ ही मेरी पुस्तक भी गायब हो गई।

क्या चिंतन या चेतना कभी शरीर से अलग या बाहर रह सकती है? क्या इसके लिए इसे प्रशिक्षित किया जा सकता है? क्या शरीर के न रहने पर भी इसका अस्तित्व बना रह सकता है? क्या इसे शरीर की जरूरत होती है? लेकिन शरीर के बिना तो इसका कोई काम ही नहीं रह जाएगा।

निस्संदेह, विचार एक स्थान से दूसरे स्थान तक चल सकते हैं। लेकिन क्या वे स्वयं चलते हैं या फिर शरीर की ऊर्जा से चलते हैं?

सपनों में हमारा अतींद्रिय ज्ञान पूर्वज्ञान में मौजूद होता है। इनका अभिप्राय कैसे समझा जाए?

हमारी सोच हमारे अतीत के अनुभवों से प्रभावित होती है। इसलिए बर्गसन ने लिखा है—"हम अतीत के एक छोटे से अंश को लेकर ही सोचते हैं; लेकिन जो कुछ हम चाहते हैं और करते हैं, वह हमारे संपूर्ण अतीत और आत्मा की मौलिक वृत्ति पर आधारित होता है।"

"आत्मा की मौलिक वृत्ति…" मैं मानता हूँ कि मनुष्य के पास आत्मा होती है, अन्यथा उसके भीतर करुणा जैसी भावना नहीं होती।

फरवरी

हम मन से संसार, यानी सांसारिक चीजों की ओर जाते हैं—

एक पिज्जा खाया—गले से नीचे उतरने में जैसे घंटा भर लग गया।

दो दिन बाद : श्रीमती गोयल (जो एक स्विस महिला हैं) के साथ स्विस पनीर-कचौड़ी खाई। इस प्रकार पाचन-तंत्र की मेहनत और बढ़ गई।

अगले दिन : ऑस्ट्रेलिया के ड्यूटशमंस (Deutschmanns) के साथ रात का खाना। ऑस्ट्रेलियाई पाई। अगले दिन आराम किया। फिर वापस वही पुराने दाल-भात पर आ गया।

'एन' के साथ देहरादून गया और दोनों के लंच के बिल का भुगतान किया। अमीरों के साथ समस्या यह होती है कि वे अपने पास पैसा नहीं रखते। शायद

इसलिए वे अमीर होते हैं—ऐसा मैं सोचता हूँ।

मार्च

चिल्ड्रंस फिल्म सोसायटी को 'ए क्रो फॉर ऑल सीजंस' बेची, बदले में छोटी सी रकम मिली। सोसायटीवालों का मानना है कि इस पर एक अच्छी एनीमेटेड फिल्म बन सकती है और बनेगी। लेकिन मैं विश्वास के साथ कह सकता हूँ कि वे नहीं बचाएँगे। पाँच साल पहले जो कहानी उन्होंने मुझसे खरीदी थी, उसके बारे में वे भूल गए हैं। (दोनों में से एक भी फिल्म नहीं बनी।)

अप्रैल

चीड़ और देवदार के वृक्षों के बीच हवाएँ सनसनाती प्रतीत होती हैं, जबकि अखरोट में पहुँचकर यही हवा जैसे खुशी से चहचहाती प्रतीत होती है।

□

बच्चे गलसुआ की बीमारी से पीड़ित। दो दिनों तक मुझे वायरल फीवर रहा। स्वस्थ होने पर तीन लेख लिखे। सफलता की उम्मीद करता हूँ। मनुष्य तो सिर्फ उम्मीद ही कर सकता है।

□

मनुष्य में भावुकता के लिए माँ जिम्मेदार होती है, जबकि बौद्धिक पूर्णता उसे पिता से मिलती है। स्त्रियाँ अलग तरह की होती हैं। (या फिर मुझे ऐसा बताया गया है।)

जून

अभी कुछ ही वर्षों पूर्व तक स्थिति यह थी कि बद्रीनाथ, गंगोत्री, केदारनाथ, तुंगनाथ जैसे तीर्थस्थलों पर जाने के लिए आपको हफ्तों पैदल चलना पड़ता था। पिछले सप्ताह मैं इन सभी स्थानों पर होकर आया, क्योंकि अब तो वहाँ पहुँचने के लिए सड़क परिवहन की सुविधा हो गई है। कुछ स्थान मुझे बहुत अच्छे लगे—जैसे नंद-प्रयाग, अन्यथा भारत की ढाबा संस्कृति कारों और बसों के साथ पहाड़ों और धार्मिक स्थलों तक पहुँच गई है।

जुलाई

देवदार एक ऐसा वृक्ष है, जिसके नीचे अन्य वनस्पतियाँ आसानी से उग आती हैं—पर्णांग, शैवाल, छोटे-छोटे पौधे। इन दिनों छोटे-छोटे शंकु गहरे हरे

पत्तों पर फूल की तरह दिखाई देते हैं।

□

फिसलने के कारण मेरा सिर एक ट्रक से टकराया, सिर से खून बहने लगा। इसलिए मैं डॉ. जोशी के क्लीनिक गया। सिर में तीन टाँके लगे और टिटनेस का टीका लगा। अब आप समझ सकते हैं कि मैं ज्यादा यात्रा क्यों नहीं करता हूँ।

□

एम.सी. ब्यूटीफुल, मनमोहक। "सौंदर्य की प्रतिमूर्ति…।"

अगस्त

लगातार बारिश। एक हफ्ते तक सूर्य नहीं दिखाई दिया। लेकिन एम.सी. खुश है। उत्साह में मैंने क्रिकेट पर एक हास्य कहानी लिखी। क्रिकेट के बारे में कोई गंभीर कहानी लिखना मेरे लिए मुश्किल ही होगा। इस खेल के हास्यात्मक पहलू मुझे जितना आकर्षित करते हैं उतना इसके गंभीर या श्रेष्ठ पहलू नहीं करते। अंकल केन अपने बल्ले से ज्यादा रन अपने पैड से बनाते थे और हर दस कैचों में से एक कैच लपक लेते थे।

अक्तूबर

अगले वर्ष का किराया एडवांस में दिया, वर्ष के अंत की स्कूल की फीस जमा की। पैसों से खाली हो गया, लेकिन एक रुपया भी किसी से उधार नहीं लिया। कस्बे में राकी के साथ आइसक्रीम खाई। घर आने पर दो चेक मिले।

एम.सी. क्विक वैसे तो एक झगड़ालू स्त्री है, लेकिन पीछा करने का फायदा हुआ। हम बारिश में और हवा में टहलते रहे। मस्ती में थे।

चुंबन-आलिंगन।

फिर समय अलविदा का।

प्यार जब तेजी से चुरा लिया जाता है तो उसके पास मरने के लिए भी समय नहीं होता।

जब मैं प्यार में कुछ लिखने बैठता हूँ तो मेरी कविता थोड़ी गंदी होती है।

टीलहार्ड डी चार्डिन ने भी लिखा है—"जब हम वायु, तरंग, ज्वार-भाटा और गुरुत्वाकर्षण—इन सभी को अपने वश में कर लेंगे, तब प्रेम की ऊर्जा का ईश्वर के लिए दोहन करेंगे। उस दिन दुनिया के इतिहास में मनुष्य दूसरी

बार आग की खोज करेगा।"

फरवरी 1986

नियति सचमुच हमारी इच्छाओं के लिए शक्ति का काम करती है।

□

राकी गाँव से वापस आया। मैं खुश हूँ कि उसने वहाँ सबके बीच लोकप्रियता हासिल कर ली है। उसने दोनों जगह अपने आपको ढाल लिया है—मसूरी के अपेक्षाकृत सुखद जीवन में भी और गढ़वाल के सुदूर गाँव बछांशु के जीवन में भी। व्यक्ति अगर अमीर-गरीब, छोटे-बड़े—सभी के साथ मिलकर रह सके तो जीवन बहुत आसान हो जाता है। ऐसा मैंने देखा है। मेरे माता-पिता का संबंध-विच्छेद, पिता का असमय स्वर्गवास और सौतेले पिता के घर में अपने आपको टालने की मुश्किल—इस सबका परिणाम यह हुआ कि तीस की उम्र तक मैं अलग-थलग रहा। अब विवाह के बिना ही मैं एक गृहस्थ व्यक्ति बन गया हूँ। स्वार्थी?

□

दो महान् उपन्यासों पर वापस आया—एच.जी.वेल्स की 'हिस्ट्री ऑफ मि. पॉली' और जॉर्ज एवं वीडॉन ग्रॉसस्मिथ का 'डायरी ऑफ ए नोबडी'। 'पॉली' में कुछ अत्यंत सुंदर बातें हैं, जबकि 'नोबडी' पढ़कर मुझे हर बार हँसी आती है।

□

एम.सी. वसंत ऋतु में वापस आई। वही अच्छा और विनोदी स्वभाव।

वफा एकरूपता और चाहत की तीव्रता :
प्रेम में इन तीन चीजों की जो इच्छा करे
वह मूर्ख ही होगा।
और वह जो बुद्धिमान है—
प्रेम में यदि कुछ चाहेगा,
तो वह है घड़ी भर का आनंद।
आँखों में क्या है—
उसे इससे क्या लेना।

(केनेथ हॉपकिंस)

मार्च

'गॉटिंग ग्रैनीज ग्लासेज' को कार्नेगी पदक के लिए नामित किया गया। 'क्रिकेट फॉर द क्रोकोडाइल' को लोकप्रियता मिली।

लंबी होली के आगमन के साथ मौसम में थोड़ी गरमी आई।

मई

तो अब मैं बावन वर्ष का हूँ। कर्म के संबंध में यह देखने का समय आ गया है कि (अ) मुझे क्या करना है, (ब) मुझे क्या करना चाहिए। दूसरा विकल्प ज्यादा पसंद करूँगा।

जून

रक्तचाप कभी ज्यादा, कभी कम।

जीविका के लिए लिखना : यह एक रणभूमि है।

लोग तो ऐसे-ऐसे सवाल पूछते हैं, जिन पर हँसी आती है। सड़क पर एक अजनबी सज्जन मिल गए। पूछने लगे : "माफ करना, क्या आप एक अच्छे लेखक हैं? एक बार को तो मैं कोई उत्तर नहीं दे पाया।"

मुर्की भी कुछ कम नहीं है। मेरे स्टडी रूम के दरवाजे से टकरा जाता है और मेरी ओर देखकर बोलता है, "यह दरवाजा बहुत आवाज करता है, है न?"

अगस्त

स्थानीय त्यौहार मनाने के लिए हजारों की संख्या में आसपास के गाँवों से लोग इकट्ठा होते हैं। देर शाम को बीसों पियक्कड़ सड़क पर लड़खड़ाते दिखे।

कुछ झगड़े हुए, लेकिन कुल मिलाकर ठीक रहा।

स्त्रियों का पहनावा बहुत सुंदर और आकर्षक होता है। लेकिन ज्यादातर पुरुषों का पसंदीदा पहनावा नया पाजामा-सूट हो गया है, जो आजकल फैशन की बुलंदियों पर है। मैं खुद ही पाजामा पहनता हूँ। पाजामे आरामदेह होते हैं, पाजामा पहनकर मैं अच्छा लिख पाता हूँ।

सितंबर

महीने की शुरुआत में ही एक चेक बाउंस हुआ। अपना रक्तचाप नहीं जाँचा।

□

मानसून चरम पर। लेडीज स्लिपर आर्किड के फूल कम हो रहे हैं, लेकिन बाद में आनेवाले वनैले फूलों पर मेरी नजर पड़ी—मेहँदी, कॅमेलिना, एग्रीमनी वाइल्ड जैरैनियम (बहुत सुंदर फूल होते हैं)। वनैले अदरक के पौधे में खिले सुंदर-सुंदर सफेद फूल, कोबरा लिली के गोल-गोल चमकते फल, जो दीवार में जड़े मोती की तरह प्रतीत होते हैं, पर्णांग अभी भी हरे हैं, जो यह संकेत दे रहे हैं कि अभी और बारिश होगी, डहलिया के फूल पेड़ों से गिरकर चारों ओर बिखरे हैं, वनैले बेगोनिया के फूल—और भी बहुत कुछ। वनैले फूलों के लिए यह वर्ष का सबसे अच्छा समय होता है।

फरवरी 1987

पाँच दिन अस्पताल में रहकर घर वापस आया, फोड़े से अब भी रक्तस्राव हो रहा था। प्रेम बहुत प्रेम से मेरी सेवा में लगा था। गणेश और निर्मला नर्स ने भी अच्छी सेवा-शुश्रूषा की। मुझे तो डॉक्टरों से ज्यादा अच्छी नर्सें लगती हैं।

दूध, छिह!

एक सप्ताह बाद फिर अस्पताल में। सब दूध का ही काम रहा होगा या हो सकता है, नर्स निर्मला का चक्कर रहा हो!

□

मार्च

एक जाँच के लिए दिल्ली गया। सार्वजनिक बगीचों में फूल-ही-फूल। काफी बेहतर महसूस कर रहा था।

''एक प्रसन्न हृदय दवा का काम करता है, लेकिन एक टूटा दिल हड्डियों तक को सुखा देता है।''

''जो व्यक्ति बचपन से ही अपने नौकर को पाल-पोसकर बड़ा करता है, उसके लिए आगे चलकर वह बेटे की तरह हो जाता है।''

(बुक ऑफ प्रॉवर्ब्स)

मई

कुछ पंक्तियाँ, जो भविष्य में काम आएँगी : (मेरे कॉन्वेंट स्कूल में)

लंच में उबला मटन और खूब पका कद्दू मिलता था।

चित्र सिर्फ देखने की चीज नहीं होते। कुछ समय बाद वे साथी बन जाते हैं।

एक और बस दुर्घटना हो गई और देखते-देखते लोगों की भीड़ जमा हो गई। वह (उपेंद्र) के पास हँसी का अलाव है।

ये पंक्तियाँ मैं भूल गया था, इसलिए इन्हें यहाँ दे रहा हूँ।

मई

जन्मदिन के एक केक का ऑर्डर दिया, लेकिन आया नहीं। कभी-कभी मैं सोचता हूँ कि आलस दुनिया की सबसे बड़ी शक्ति है।

भूत की एक कहानी लिखी। समय-समय पर ऐसी कहानी लिखना मुझे अच्छा लगता है। हालाँकि यह सच है कि ऐसे किसी अलौकिक वजूद से मेरा अब तक कभी वास्ता नहीं पड़ा है। सपनों को अलौकिक अनुभव नहीं माना जाए तो।

अगस्त

सूखे के बाद अतिवृष्टि।

घर के समीप भू-स्खलन। रात भर भू-स्खलन होता रहा। मैं बार-बार उठ-उठकर देख रहा था कि वह अभी हमसे कितनी दूर है। लगभग 20 फीट दूर घर भी कोई बहुत सुरक्षित नहीं है। उसमें मरम्मत की जरूरत है। सच कहूँ तो विद्रोहियों द्वारा गोले बरसाए जाने के बाद लखनऊ रेजीडेंसी जैसा दिखाई दे रहा था, कुछ वैसा ही यह घर दिखाई देता है।

(घर तो भू-स्खलन से बच गया, लेकिन हमारे फ्लैट के ऊपर की दीवार ढह गई, जिससे बैठक कक्ष में ईंट-पत्थर भर गए।)

नवंबर

भारतीय बाल शिक्षा परिषद् से एक पुरस्कार प्राप्त करने के लिए दिल्ली गया। भारत के उप-राष्ट्रपति ने मुझे पुरस्कार दिया। पुरस्कार लेकर जब अपने मेजबान के घर वापस पहुँचा तो पता चला कि लिफाफे में दूसरे (पुरस्कार प्राप्तकर्ता) के नाम का चेक था।

वह ट्रेन से अहमदाबाद के लिए रवाना होने वाले थे। मैं भागा-भागा रेलवे स्टेशन पहुँचा, जहाँ प्लेटफॉर्म पर बैठकर वह अपने लिफाफे का चेक

पढ़ रहे थे, जिसे उन्होंने बस खोला ही था। दोनों ने अपने-अपने नाम के चेक लिये। अंत भला तो सब भला।

दिल्ली दौरा

टैक्सी से दिल्ली गया। दिन भर की यात्रा के बाद थकावट तो लगती है, लेकिन सड़क यात्रा मुझे ज्यादा अच्छी लगती है—खासकर देहरादून के बाहर का दृश्य और रुड़की तथा मार्ग में पड़नेवाले अन्य शहरों मुजफ्फरनगर से मेरठ तक का दृश्य—खेतों में गन्ने कट रहे होते हैं और उन्हें ट्रक या बैलगाड़ी में लादकर चीनी मिल तक पहुँचाया जा रहा होता है; चारों ओर फल बिक रहे होते हैं (अभी केलों और 'चकोतरा' नींबू का सीजन है); छोटी-छोटी नहरों में बच्चे नहा रहे होते हैं; आम के बागों में शांति दिखाई देती है…।

निस्संदेह, इस सबका दूसरा पहलू भी है—जहाँ ज्यादा जनसंख्या निवास करती है वहाँ कचरा-गंदगी भी होती है; गाड़ियों के हॉर्न और लाउडस्पीकरों की आवाज होती है। यह वास्तविक तसवीर का हिस्सा है। लेकिन पूरी तसवीर की बात करें तो वह अपने आपमें अंदर है, जिसका रंग बेजोड़ है।

सूर्य की रोशनी में गेंदे के फूल चमकते हैं। जी हाँ, पूरे खेत के खेत गेंदे के पौधों और फूलों से भरे हैं, क्योंकि हर तरह के समारोहों में इनकी जरूरत पड़ती है। शादी-विवाह में, पूजा में, बड़े-बड़े लोगों के स्वागत के लिए मालाएँ बनाने में। इस प्रकार गेंदे की खेती एक नकदी फसल है।

अगर गुलाब को फूलों का राजा कहा जाता है और चमेली को खुशबू की राजकुमारी कहा जाता है तो गेंदा भी रंग, चमक और आकर्षण में अपना एक स्थान रखता है। गेंदे का फूल बहुत सुंदर होता है, इसमें कोई शक नहीं। सर्दियों में यह उस समय खिलता है जब कम ही फूल दिखाई देते हैं। खुशबू तो इसमें बहुत ज्यादा नहीं होती—जो खुशबू होती है वह जरूरी नहीं कि सबको पसंद आए; लेकिन यह कई सुंदर रंगों में पाया जाता है—हलके पीले से लेकर गहरे गुलाबी और सुनहरे रंग में। अन्यथा फूलों के लिए यह कोई बहुत अच्छा महीना नहीं होता; यद्यपि दिल्ली स्थित इंडिया इंटरनेशनल सेंटर, जहाँ मैं ठहरा हूँ, में एक सुंदर सा पेड़ है, जिस पर सुंदर-सुंदर गुलाबी रंग के फूल लगे हैं—कोरिसनिया स्पेसिओसा (Chorinia Speciosa) के फूल, जिसके एक-एक फूल में 5-5 बड़ी-बड़ी पंखुड़ियाँ होती हैं।

□

8

गढ़वाल हिमालय

दूर धुंध में खड़ा वह हिमालय,
उस पर चढ़ते-से प्रतीत होते जंगल,
स्प्रूस और देवदार के जंगल,
देवदार—यानी देव-वृक्ष,
जो हवा में आहें भरते प्रतीत होते हैं;
और बर्फ रूपी तेंदुआ धीरे-धीरे कराहता है।
जहाँ से भेड़ें चराते चरवाहे अपनी भेड़ों के साथ गुजरते हैं।

पहाड़ों के किनारे-किनारे हैं
गढ़वाल के ये छोटे-छोटे पत्थर के घर,
उसके आगे हैं खेत,
जिनकी मिट्टियाँ भुतही चट्टानों से बनी हैं,
थकी-हारी स्त्रियाँ हल चला रही हैं,
बादलों की गरज सुनकर हँस पड़ती हैं,
उनके पति नीचे मैदानों की ओर चले जा रहे हैं,
इन सुंदर पहाड़ों पर फसल तो कम उपजती है,
पर देखने के लिए यहाँ बहुत कुछ है।
दोपहरी में भूखे बच्चे दिखते हैं,
पर लोग हैं कि साँझ के गीतों में मस्त रहते हैं
देशों और हिमालय का गुणगान करते हैं
वे शायद भूल जाते हैं—
कि साँझ के गीतों से किसी का पेट नहीं भरता।

□

9

भारत की खुशबू हमेशा मेरे साथ रही

अब मैं वापस उस दौर में आ रहा हूँ जब मैं पूर्व और पश्चिम के बीच फँसा हुआ था और मुझे यह तय करना था कि आखिर मैं कहाँ का हूँ, पूर्व का या पश्चिम का। मुश्किल से एक महीने के लिए मैं भारत से बाहर रहा था और वापस आने के लिए बेताब होने लगा। मैं चैनल आइलैंड्स में जरसी नामक स्थान पर था और मैं समझता हूँ कि उसकी संकीर्णता या अलगाव इसके लिए कहीं-न-कहीं जिम्मेदार था। वहाँ कुछ भी ऐसा नहीं था कि जो मुझे भारत या पूर्व की याद दिलाता। गलियों में या समुद्र तट पर कहीं भी एक भी अश्वेत व्यक्ति नहीं दिखाई देता था। मैं पूरे विश्वास के साथ कह सकता हूँ कि यह स्थान अब बिलकुल अलग तरह का हो गया है। लेकिन पचास साल पहले यहाँ ऐसा कुछ भी नहीं था, जो बेहतर भविष्य की तलाश अपना घर और दोस्तों को छोड़कर निकले, एक भावुक और अकेले लड़के को कुछ दे सकता।

मन में एक सपना लेकर मैं इंग्लैंड आया था और एक अन्य सपने के साथ मुझे वापस भारत आना था; लेकिन इसके मध्य में चार वर्ष का समय था, जिसमें मुश्किल भरा ऑफिस कार्य था, अकेले बेड-सिटिंग रूम में बैठना था। बिखरे सामानों से भरा घर था, सस्ते स्नैक बार थे, अस्पताल के वार्ड थे और अपनी पुस्तक लिखने व उसके प्रकाशक तैयार करने का संघर्ष था।

मैंने एक बड़े डिपार्टमेंटल स्टोर में काम शुरू कर दिया, जिसका नाम था—(Le Riche) ली रिके। सुबह 6 बजे जब मैं पैदल स्टोर के लिए निकलता था, उस समय अँधेरा होता था। शाम को 6 बजे जब वापस घर आता था, उस समय भी अँधेरा होता था। कहाँ थे वे खुले बीच, जिनके लिए जरसी जाना जाता था? समुद्र तट जाने के लिए गरमियों का इंतजार करना था और समंदर में डुबकी लगाने के लिए

सप्ताहांत यानी शनिवार (अपराह्न) का इंतजार करना पड़ता था।

कभी-कभी जब रात में जल्दी खाना खा लेता था तो शांत समुद्र की ओर घूमने चला जाता था। जब कभी ज्वार आता था और हवा तेज होती थी तो समुद्री तरंगें तेजी से ऊपर उठती थीं और मुझे तर-बतर कर देती थीं। मेरी चाची, जिनके साथ मैं वहाँ रह रहा था, को लगता था कि मैं पागल हूँ जो अकेले उस सुनसान जगह पर जाता हूँ। लेकिन प्रकृति से मेरा हमेशा एक गहरा जुड़ाव रहा है। सनसनाती हवाएँ और उफनती तरंगें मुझमें स्वच्छंदता का भाव भरती थीं और वे द्वीप छोड़कर अपने घर वापस आने के मेरे संकल्प को मजबूत भी करती थीं।

जब मैं समुद्र की ओर घूमने नहीं जाता था तो अपने कमरे में टाइपराइटर के सामने बैठ जाता था और अपने पहले उपन्यास के लिए अध्यायों का प्रारूप तैयार करने लगता था। इसमें ऐसे पात्र और घटनाएँ थीं, जो एक पत्र (जर्नल) पर आधारित थीं, जिसे भारत में अपने गत वर्ष के दौरान मैंने रखा था। वह 1951 का वर्ष था, जिसे 1952 के उत्तरार्ध में याद कर रहा था। अठारह वर्षीय एक युवक उन घटनाओं की याद कर रहा था, जब वह सत्रह वर्ष का था। घर की याद सता रही थी और देहरादून में अपने दोस्तों के पास वापस आने को दिल बेताब हो रहा था—देहरादून में सूरज की खुली चमचमाती धूप, फलों से लदे पेड़, एक-एक चीज मेरी स्मृति में ताजा थी। पता नहीं क्यों, वह देहरा में मेरा आखिरी वर्ष था, जो मुझे भारत के और करीब लाया था।

भारत—जिसके साथ मेरी गहरी और कभी-कभी भावुकतापूर्ण दोस्ती है। जिसकी विविधता बेजोड़ है; कहीं एक छोटे से सिनेमा घर में अंग्रेजी फिल्में चल रही होती हैं। (जॉर्ज फार्मबी की कॉमेडी या कोई अमेरिकी म्यूजिकल) तो दो घंटे बाद ही हजारों की संख्या में लोग गंगा के पवित्र जल में डुबकी लगाते दिखाई देते हैं। या फिर, कहीं स्टेशन के बाहर यात्रियों का इंतजार करते ताँगा खड़े दिखाई देते हैं तो कहीं लोग लक्जरी फोर्ड कन्वर्टिबल्स, मॉरिस माइनर्स, बेबी ऑस्टिन्स या चमचमाती पैकार्ड्स और डैमलर्स में बैठकर घूमते दिखाई देते हैं।

लेकिन मेरी उम्र के पचासवें दशक में देहरा वास्तव में साइकिलों का शहर था। छात्र, दुकानदार, सेना के कैडेट, दफ्तर कर्मी सभी साइकिल चलाते थे। स्कूटर का आविष्कार हुआ ही था। उसे साइकिल का स्थान लेने में कई साल लगने वाले थे। उसे खरीदना अभी सबके वश की बात नहीं थी।

साइकिल चलाना मुझे बहुत अजीब लगता था। कई बार मैं साइकिल से गिर भी चुका था। एक बार तो मेरा हाथ भी टूट गया था। लेकिन इसके बावजूद मैं अपने

दोस्तों के साथ साइकिल की सवारी करने से बाज नहीं आया था—कभी सल्फर झरने की ओर, कभी प्रेमनगर (जहाँ सैन्य अकादमी स्थित थी। कभी हरिद्वार रोड पर तो कभी लच्छीवाला)।

जरसी में मुझे एक पुरानी साइकिल मिल गई थी, जो मेरे चचेरे भाई की थी। साइकिल से ही मैं सेंट हेलियर से (जहाँ हम रहते थे) सेंट ब्रेलाडेज बे (द्वीप के दूसरे छोर) तक जाता था। लेकिन वापस आते समय अँधेरे में बहुत डर लगता था। मेरे मन में ऐसी कोई बात नहीं थी कि साइकिलों में भी बत्ती लगानी पड़ेगी। देहरा वापस आने के बाद हमने इसका इस्तेमाल कभी नहीं किया। छत के ऊपर के कमरे में (जिसमें मैं रहता था) कोई दृश्य नहीं था। इस कारण खिड़की से बाहर निहारने की मेरी आदत नहीं रही। लेकिन शायद यह मेरे लिए अच्छा ही रहा, क्योंकि इससे मुझे टाइपराइटर पर (यानी लिखने पर) अपना ध्यान केंद्रित करने में मदद मिली। लगभग 6 माह बाद मेरे पास सामग्री तैयार थी, जिसे पुस्तक के रूप में छापने के लिए प्रकाशक की जरूरत थी। इस बीच मेरे रास्ते में तीन नौकरियाँ आईं और स्थानीय सिविल सेवा परीक्षा पास करने के बाद जरसी सिविल सेवा में मुझे एक पद का प्रस्ताव भी मिला। सिविल सेवा परीक्षा में तो मैं बस यूँ ही बैठ गया था, क्योंकि मैं वहाँ स्थायी रूप से बसना नहीं चाहता था।

मैं एक डायरी लिख रहा था और कुछ प्रविष्टियों में मैंने भारत वापस आने की इच्छा की प्रकट की थी; साथ ही अपने उन रिश्तेदारों के साथ रहने में अपनी असंतुष्टि के बारे में भी लिखा था, जिन्हें न तो भारत के प्रति मेरी भावनाओं के प्रति कोई सहानुभूति थी और न ही लेखक बनने की मेरी महत्त्वाकांक्षा से कुछ लेना-देना था। वह डायरी मेरे चाचा के हाथ लग गई और उसे पढ़कर वह परेशान हो गए, जो स्वाभाविक भी था। हमारे बीच कहा-सुनी हुई। उन्होंने मुझे डाँटा। मुझे बहुत पश्चात्ताप हुआ, लेकिन कुछ दिन बाद ही मैंने अपने दोनों सूटकेस तैयार किए और साउथ हैंपटन तथा उसके बाद लंदन जानेवाले जहाज पर बैठ गया। पहला सबक : अपनी निजी डायरी कभी इधर-उधर मत छोड़ो।

लेकिन शायद यह ठीक ही हुआ, नहीं तो मुझे एक या दो साल और जरसी में रुकना पड़ता।

नवंबर के मध्य में मैं लंदन पहुँचा, जहाँ उस समय घना कुहरा रहता था। तलाश करने पर मुझे छात्रावास में एक कमरा मिल गया। लेकिन वहाँ मैं ज्यादा दिन तक नहीं रुक पाया, क्योंकि वहाँ का खाना बहुत अजीब था। ऑफिस में नौकरी मिलते ही मैंने बेलसाइज पार्क में एक कमरा किराए पर ले लिया। लंदन में अपने

प्रवास के दौरान मैंने कई कमरे किराए पर रहने के लिए लिये।

बेलसाइज पार्क से मुझे हैवरस्टॉक हिल (हैंपस्टेड हीथ के निकट) जाना था। वहाँ से कुछ समय के लिए साउथ लंदन और वहाँ से स्विस कॉटेज जाना था। मेरी अधिकतर मकान मालकिनें यहूदी थीं, जो युद्ध-पूर्व यूरोप में हो रहे उत्पीड़न के कारण भागकर आई थीं—और मैं स्वयं भी एक शरणार्थी ही था। मैं अभी तक तय ही नहीं कर पाया था कि मैं कहाँ से आया हूँ—इंग्लैंड से, जो मेरी पितृभूमि थी या भारत से, जो मेरी जन्मभूमि थी? लेकिन मेरे पिता भी भारत में ही पैदा हुए थे, यहीं पले-बढ़े थे और पूरे जीवन में इंग्लैंड यानी अपने पिता के देश सिर्फ दो बार गए थे।

ब्रिटेन के साथ मेरा संबंध बहुत हलका ही था, क्योंकि वह पैतृक आधार पर नहीं था, बल्कि पालन-पोषण पर आधारित था। यह संबंध मेरे मन में था। जिस इंग्लैंड की ओर मैं आकर्षित हुआ था, वह साहित्यिक इंग्लैंड था, भौतिक इंग्लैंड नहीं; और साहित्यिक इंग्लैंड में मैं खूब घूमा और इस दौरान उन घरों व गलियों का दौरा किया, जहाँ कभी मशहूर लेखक रहा करते थे, खासकर ईस्ट एंड और डॉकलैंड गया; क्योंकि डिकेंस, स्मोलेट, कैप्टन मैरियट और डब्ल्यू.डब्ल्यू.जैकब्स की कहानियों व उपन्यासों को पढ़कर मैं बड़ा हुआ था। लेकिन मैंने ज्यादा अंग्रेज दोस्त नहीं बनाए। अंग्रेज जाति को अगर संयत या गैर-मिलनसार माना जाता है तो मैं भी कम संयत नहीं था। मैं इतना शरमीला था कि पहल करने के लिए हमेशा दूसरे का इंतजार करता था। भारत में तो लोग आपके बारे में जानने के लिए पहल करने में देर नहीं लगाते, लेकिन इंग्लैंड में ऐसा नहीं है। वे तो यूँ ही किसी की ओर देखते तक नहीं हैं। इस मामले में मैं अंग्रेजों से भी ज्यादा अंग्रेज था।

मेरी मंजिल से नीचेवाली मंजिल पर जो सज्जन रहते थे, वह कभी-कभी बोल पड़ते थे, "मौसम बहुत खराब है, है न?" और जवाब में मैं कहता था, "अरे हाँ, बहुत खराब।" कहकर मैं आगे बढ़ जाता था।

प्रवीण नामक एक गुजराती लड़के से मिलकर मुझे बिलकुल अलग महसूस हुआ, जो बेसमेंट में रहता था। वह मुझे देखकर मुसकराया और मुझे याद है, मैंने कहा था, "अरे, सर्दी आ गई है, अब बंबई में रहना चाहिए।" बस, हम दोनों दोस्त बन गए।

वह सत्रह साल का था, यानी मुझसे एक या दो साल छोटा। वह एक पोलिटेक्निक स्कूल में पढ़ता था और लंदन स्कूल ऑफ इकोनॉमिक्स में प्रवेश पाना चाहता था। उस समय लंदन में रहनेवाले भारतीयों में ज्यादातर छात्र थे। प्रवासियों की भीड़ तब तक नहीं बढ़ी थी और जातीय विरोध का निशाना एशियाइयों से ज्यादा

पश्चिमी भारतीयों को बनाया जा रहा था।

प्रवीण मुझे कॉफी बारों में ले गया और पूरा लंदन घुमाते हुए मेरा अन्य छात्रों से परिचय कराया, जिनमें थन्ह नामक एक वियतनामी भी था, उसने मेरे साथ दोस्ती कर ली, क्योंकि, जैसा वह कहता था, ''मैं अंग्रेजी बोलना चाहता हूँ।'' लेकिन जब उसे पता चला कि मेरा उच्चारण या लहजा अंग्रेजों जैसा नहीं है तो उसने मुझे छोड़ दिया। वह बहुत स्पष्टवादी था। उसने साफ-साफ कह दिया कि उसे दोस्ती में दिलचस्पी नहीं है, वह तो बस अपना उच्चारण सुधारना चाहता था। बाद में मैंने सुना कि उसने एक युवा पत्रकार से संपर्क बना लिया था, जो यॉर्कशायर बोलता था।

अकसर शाम को मैं अपने कमरे में रहता था और अपने उपन्यास पर काम करता था। एक जर्नल 3 (पत्र) के रूप में शुरू होकर यह एक कहानी बना और कहानी से अब उपन्यास का रूप ले रहा था। इसका शीर्षक भी कई बार बदला गया और अंततः मैंने शीर्षक रखा—'द रूम ऑन द रूफ'।' इसमें मैंने अपने मन के सारे प्रेम व स्नेह को उड़ेलकर रख दिया है, जो मैं देहरा में छोड़कर आए अपने दोस्तों के लिए महसूस कर रहा था। यह उपन्यास घर की याद से प्रेरित होने के साथ-साथ उन लोगों, स्थानों और घटनाओं का विवरण भी था, जिनके संपर्क में मैं भारत में अपने उस अंतिम वर्ष में रहा था। मैं उन यादों को मुरझाने नहीं देना चाहता था। हरिद्वार में नदियों के किनारे, दून के आम के बगीचे, पोइनसटिया और बोगनविला, परेड ग्राउंड में खेले जानेवाले खेल, क्लॉक टॉवर के निकट चाट की दुकानें, ग्रीष्म ऋतु की वह गरमी, घनघोर बारिश, बारिश में भीगते नंग-धड़ंग बच्चे, रेलवे प्लेटफॉर्मों पर बैठना, गन्ने चूसना, गलियों में होनेवाले शोर...मैं अपने छोटे से कमरे में गैस की आग के सामने बैठा लिख रहा था और सारी बातें मेरे में घूम रही थीं।

जब ठंड ज्यादा पड़ने लगी तो मैंने एक पुराना-सा ओवरकोट पहनना शुरू कर दिया, जो मुझे आंद्रे ड्यूत्श्च (Andre Deutsch) की कनिष्ठ पार्टनर डायना एथिल ने दिया था। डायना एथिल ने मुझसे यह वादा किया था कि मैं अगर 'द रूम' एक उपन्यास के रूप में दुबारा लिखूँ तो वह उसे छपवा देंगी। एक और व्यक्ति, जिसने मुझे प्रोत्साहित किया, वह बी.बी.सी. के प्रोड्यूसर प्रूडेंस स्मिथ थे, जिन्होंने मुझे रेडियोज थर्ड प्रोग्राम (Radio's Third Programme) में दो बार बातचीत का मौका दिया। मुझे लगा कि मैं किसी उपलब्धि की ओर बढ़ रहा हूँ; और जब एक रहस्यमयी बीमारी के कारण लगभग एक माह तक मुझे हैंपस्टेड जनरल अस्पताल में रहना पड़ा, बीमारी के कारण मेरी दाहिनी आँख की रोशनी प्रभावित हो गई थी। उस समय मैं बाईं आँख की मदद से पढ़ता रहा और दो लघु कथाएँ भी लिखीं।

एक नर्स रोज दोपहर बाद एक ट्रे में कुछ किताबें लेकर आती थी। इसी का परिणाम था कि मैं विलियम सरोयन की मनोरंजक कहानियाँ और डेंटन वेल्च का संवेदनशील पहला उपन्यास 'मेडन वॉयेज' (Maiden Voyage) पढ़ सका।

अपने नाटक 'द टाइम ऑफ योर लाइफ' के लिए पुलित्जर पुरस्कार पाने वाले विलियम सरोयन उस समय के सफल और लोकप्रिय लेखक थे। डेंटन का उज्ज्वल कैरियर एक भयानक दुर्घटना के कारण प्रभावित हो गया था। देहात की एक सड़क पर साइकिल चलाते हुए वह तेज गति से आती एक कार से टकरा गए थे। दुर्घटना के कारण हुई विकलांगता से जूझते हुए वह कई वर्षों तक जीवित रहे और इस दौरान ही उन्होंने अपनी आत्मकथा 'ए वॉयस इन द क्लाउड्स' लिखी। अंततः इकतीस वर्ष की अल्पायु में ही उनका निधन हो गया। जीवन के अंतिम दिनों में वह इतने असमर्थ हो गए थे कि एक बार में मुश्किल से 3 या 4 मिनट ही बैठकर काम कर पाते थे। स्थिति बिगड़ती ही जा रही थी और धीरे-धीरे उनके हृदय का बायाँ हिस्सा काम करना बंद करने लगा। इसके बावजूद बहुत हिम्मत करके उन्होंने अपनी पुस्तक पूरी की। उनके मित्र एरिक ने लिखा—"डेंटन में आत्मशक्ति अपने चरम पर थी, जिसने उनकी विलक्षण बुद्धिमत्ता को साकार रूप दिया।"

इन लेखकों की पुस्तकें पढ़कर और टॉनिक के रूप में गिनीज की बोतल लेकर (डॉक्टरों को लगा होगा कि मेरा पोषण ठीक से नहीं हुआ है।) जब मैं अस्पताल से छुट्टी लेकर बाहर निकला तो मेरे तन-मन में नया जोश था और सफलता की ओर आगे बढ़ने का दृढ़-संकल्प था।

परंतु आंद्रे ड्यूत्श्च अब भी मेरी पुस्तक को छापने की बात पर टाल-मटोल कर रहे थे। फर्म तो ठीक चल रही थी, लेकिन वह कोई जोखिम नहीं लेना चाहते थे। कोई भी प्रकाशक अपना नुकसान नहीं पसंद करता। मेरे उपन्यास से उन्हें ज्यादा कुछ आर्थिक लाभ मिलनेवाला नहीं था। लेकिन उनके इस ढुलमुल रवैए पर मैंने नाराजगी जताई और एक विकल्प के रूप में जो छोटी सी रकम उन्होंने मुझे दी थी, उसे लौटा दिया और अपनी पांडुलिपि वापस माँगने लगा। बाद में उनकी ओर से एक क्षमा-पत्र आया, जिसके साथ एक अग्रिम राशि (रुपए 50) भी थी।

आज, पचास वर्ष बाद आंद्रे ड्यूत्पूज की फर्म तो नहीं रही, लेकिन 'द रूम ऑन द रूफ' का मुद्रण अब भी जारी है। यह बात बताकर मैं सिर्फ यही स्पष्ट करना चाहता हूँ कि किताबों का भविष्य कोई नहीं जानता। कई बार तो अच्छे-अच्छे और उनके अच्छे प्रकाशक नाकामयाब हो जाते हैं। प्रकाशक व्यवसाय बंद कर देते हैं, लेखक अपनी लोकप्रियता खो देते हैं। अब सरोयन को ही ले लीजिए—अब

पाठकों ने उन्हें भुला दिया है। मुझे भी एक दिन भुला दिया जाएगा।

'द रूम' के छपने में उसके बाद भी कुछ समय लग गया और जब वह छपकर आई, उस समय मैं भारत वापस आ गया था। उस समय तक किताब की बात मैं लगभग भूल ही गया था। लेकिन इस पुस्तक के लिए मुझे जॉन लिवेलिन राइस प्राइज (John Llewellyn Rhys Prize) मिला, जो एक वर्ष बाद वी.एस. नायपॉल को उनकी पहली पुस्तक के लिए मिला था। उन दिनों पुरस्कार की राशि 50 पौंड थी। उन दिनों बड़े प्रायोजक नहीं थे। अब यह पुरस्कार एक ब्रिटिश समाचार पत्र द्वारा दिया जाता है, जिसकी राशि 5,000 पौंड है। गत वर्ष एक अन्य भारतीय लेखक ने समाचार-पत्र की नीतियों के प्रति विरोध प्रकट करते हुए इस पुरस्कार को लौटा दिया था।

इस बीच लंदन में मैं दूसरी गतिविधियों में लग गया था। मुझे स्टेज म्यूजिकल बहुत अच्छा लगता है। जब कभी मेरे पास फालतू पैसे होते थे, मैं थिएटर पहुँच जाता था और 'पोर्जी एंड बेंस', 'पेंट योर वैगन', 'पाल जोय', 'टीहाउस ऑफ द अगस्त मून' जैसे नाटक देखता था। स्केला थिएटर में 'पीटर पैन' का वार्षिक प्रस्तुतीकरण भी देखा। 'पीटर पैन' पढ़कर मैं बड़ा हुआ था; सबसे पहले मेरे पिताजी ने जामनगर में इसे पढ़कर सुनाया था और स्कूल में बैरी (Barrie) के अन्य नाटक भी पढ़ने को मिले, जो मुझे बहुत अच्छे लगे। लेकिन वे सब अब फैशन से बाहर हो चुके थे—बस, एक 'पीटर पैन' ही कालजयी बना हुआ था। क्या तुम परियों में विश्वास करते हो? नाटक में उसने पूछा। टिंकर बेल को लुप्त होने से बचाने के लिए मैंने भी अन्य दर्शकों के साथ ताली बजाई। सचमुच, मैं परियों में विश्वास करता था! मैंने उन्हें केनसिंग्टन गार्डन्स में ढूँढ़ा जहाँ पीटर पैन की प्रतिमा स्थापित थी वहाँ कुछ माँएँ दिखीं, जो अपने बच्चों को गाड़ियों में बैठाकर टहला रही थीं, लेकिन परियाँ नहीं मिलीं। हाइड पार्क में भी ढूँढ़ा, लेकिन वहाँ भी मुझे सिर्फ कुछ प्यार करनेवाले जोड़े दिखाई दिए। सारा लीस्टर पार्क ढूँढ़ डाला, लेकिन वहाँ मुझे परियों की बजाय वेश्याएँ मिलीं, जो अपने ग्राहकों को आकर्षित करने की कोशिश कर रही थीं। चूँकि मैं रोमांस की तलाश में था, इसलिए मैं वापस अपने कमरे में पहुँच गया और चुपचाप अपने पोर्टेबल टाइपराइटर के सामने बैठ गया—मुझे अपना रोमांस खुद तैयार करना था।

यह छोटा पोर्टेबल टाइपराइटर जरसी के एक डिपार्टमेंटल स्टोर में रखा था, जब भी मैं उस स्टोर के सामने से होकर गुजरता था, रुककर देखता था कि टाइपराइटर अभी वहीं है या बिक गया। शायद यही इंतजार कर रहा था कि मैं जाऊँ और उसे उठाकर ले जाऊँ। मैं इसे खरीदना चाहता था। इसका कारण यह था कि एक तो मुझे

अपनी किताब का अंतिम प्रारूप तैयार करना था और दूसरे, यह टाइपराइटर देखने में बहुत आकर्षक लग रहा था। अंततः मि. ब्रोमली—एक वरिष्ठ क्लर्क से पैसे उधार लेकर मैंने इसे खरीद लिया। इसकी कीमत 12 पौंड थी, लेकिन यह रकम उस समय तीन माह की कमाई थी। मैं इसे अपने साथ लेकर लंदन गया, वहाँ से दो वर्ष बाद भारत आया, तब भी यह मेरे साथ था और देहरादून में मैंने इससे बहुत काम लिया; लेकिन मसूरी में आर्द्र मौसम के कारण यह खराब हो गया।

मेरे निजी सामानों में थोड़ी बढ़ोतरी हो गई थी, सिर्फ टाइपराइटर के कारण नहीं, बल्कि मैंने एक थाई छात्र से एक पुराना रिकॉर्ड प्लेयर भी खरीद लिया था। मैं अश्वेत गायिका अर्था किट (Eartha Kitt) का फैन बन गया था और उसके सारे रिकॉर्ड खरीद लिये थे, लेकिन रिकॉर्ड प्लेयर के बिना उनका कोई फायदा नहीं था, इसलिए मैंने रिकॉर्ड प्लेयर खरीदा। उसके बाद तो अर्था की बुलंद आवाज सारे घर मे गूँजने लगी—मकान मालकिन और निचली मंजिल पर रहने वाले सज्जन शिकायत करने लगे। मुझे रिकॉर्ड प्लेयर का वॉल्यूम धीमा करके रखना पड़ता था, इसलिए उतना मजा नहीं आता था।

मुझे भारतीय संगीतकार मास्टर इब्राहिम की तर्ज भी बहुत पसंद थी। उनकी कुछ रिकॉर्डिंग मेरे पास थी, जिसमें मुझे छोटे शहरवाले भारत की गलियों-बाजारों की याद ताजा कर दी थी। मुझे कई लोकप्रिय गायकों के गायन की अपेक्षा उनका बाँसुरी वादन ज्यादा अच्छा लगता था।

प्रवीण को गैंगस्टर फिल्में पसंद थीं। वह चाहता था कि मैं भी उसके साथ जाऊँ और हंफ्री बोगार्ट, जेम्स कैग्नी, जॉर्ज रैफ्ट और ऐसे अन्य कलाकारों की फिल्में देखूँ। प्रवीण स्वयं भी इन्हीं कलाकारों की तरह तेज-तर्रार बनना चाहता था। अकसर वह बोगार्ट की चाल-ढाल में मुँह में सिगरेट दबाए दिखाई देता था। प्रवीण में कठोरता या तेज-तर्रार जैसी कोई बात नहीं थी। बल्कि वह तो संवेदनशील ही था, लेकिन उसके शौक अच्छे थे।

एक दिन वह कहने लगा कि मैं कुछ माह के लिए भारत वापस जा रहा हूँ क्योंकि मेरी माँ बीमार हैं और वह मुझसे मिलना चाहती हैं। उसने मुझे भी साथ चलने को कहा। इसके लिए मुझे नौकरी छोड़नी पड़ती, लेकिन मैं तो इससे पहले भी कई नौकरियाँ छोड़ चुका था। दरअसल, ये सब नौकरियाँ लेखक के रूप में अपने आपको स्थापित करने की राह में आनेवाले पड़ाव की तरह थीं। न मेरी वरिष्ठ क्लर्क बनने की अभिलाषा थी और न ही मैं फर्म का एक्जीक्यूटिव बनना चाहता था। उस समय इंग्लैंड छोड़ने में मुझे समस्या सिर्फ यही थी कि मुझे अपनी पुस्तक को अधर

में छोड़कर जाना पड़ता, क्योंकि इस बात की कोई गारंटी नहीं थी कि ड्यूत्श्च उसे छपा ही देगी। लेकिन अब समय आ गया था कुछ और लिखने का, अपने बल पर कुछ करने का, भारत में अपनी किस्मत आजमाने का। जहाज ब्रिटिश और आंग्ल भारतीय परिवारों से भरा पड़ा था, जो अपना भविष्य उज्जवल बनाने के लिए इंग्लैंड आ रहे थे। मैं इसके विपरीत करने जा रहा था। लोग जहाँ बेहतर भविष्य की तलाश में आ रहे थे, वहाँ से मैं वापस अपनी जन्मभूमि पर जा रहा था।

मेरा पासपोर्ट तैयार था, बस मुझे अपनी कंपनी में एक सप्ताह का नोटिस देना था। मैंने 200 पौंड तक बचा लिये थे, जिनमें 50 पौंड लंदन से बंबई का किराया दे दिया था। मैं और प्रवीण दोनों एक पोलिश लाइनर एस.एस. बाटोरी में बैठे। यात्री श्रेणी में हमें बर्थ आसानी से मिल गई। प्रवीण अपनी पढ़ाई पूरी करने के लिए इंग्लैंड वापस आने के इरादे में था, लेकिन मेरा इरादा स्पष्ट नहीं था। मैं जानता था कि भारत में मुझे नौकरी नहीं मिलेगी; लेकिन मुझे इतना आत्मविश्वास था कि मैं लेखन से अपनी जीविका चला सकता हूँ।

बाटोरी लाइनर के बारे में माना जा रहा था कि वह संकट से गुजर रहा है। उसने अपनी यह प्रतिष्ठा कायम रखी—जिब्राल्टर में उसके कुछ कर्मी गायब हो गए। एक यात्री लाल सागर में गिर गया। जीवन रक्षक नावें नीचे डाली गईं, लेकिन उसका कुछ पता नहीं चल सका।

जहाज में प्रवीण को एक मिस्त्री लड़की से प्यार हो गया, जो लंदन में उतर गई। प्रवीण तट तक उसके पीछे-पीछे गया। मैं भागकर गया और उसे वापस जहाज पर ले आया। जब हम बैलार्ड पीयर पहुँचे तो एक होल्ड में आग लग गई; लेकिन तब तक हम सुरक्षित हो गए थे। प्रवीण से मिलने उसके रिश्तेदार आए थे, जो उसे बंबई के उपनगरीय क्षेत्र की ओर लेकर चले गए। मैं विक्टोरिया टर्मिनस चला गया और वहाँ, देहरादून एक्सप्रेस में सवार हो गया।

यह एक यात्री गाड़ी थी, जो कई राज्यों से गुजरती हुई उत्तर भारत की ओर आ रही थी। दो दिन और दो रात की यात्रा के बाद हम पूर्वी दून पहुँचे। मार्च माह के शुरुआती दिन थे। आम के पेड़ों में बौर आ गए थे; मोर बोल रहे थे और बेलसाइज पार्क से मैं बहुत दूर आ गया था।

□

PHANTOM

10

युवावस्था के मेरे मित्र

1. सुधीर

दोस्ती का मतलब होता है हर काम साथ-साथ करना—चाहे पहाड़ पर चढ़ना हो, चाहे नदी में मछली पकड़ना हो, देहाती सड़क पर साइकिलिंग करना हो, जंगल में कैंपिंग करना हो या फिर किसी नई जगह की सैर करना हो।

इनमें से कम-से-कम दो बातों में तो सुधीर एक पक्का दोस्त था; हालाँकि थोड़ा शरारती था, मुझे परेशान करता रहता था।

इंग्लैंड से वापस आने के बाद ही देहरा में मेरी उससे मुलाकात हुई थी। वह मेरे कमरे पर आया था। कहने लगा कि मैंने सुना है, तुम लेखक हो। उसने कहा कि कोई कॉमिक्स हो तो मुझे दो।

मैंने उसे बताया, ''मैं कॉमिक्स नहीं लिखता।'' लेकिन मेरे पास मेरे लड़कपन के दिनों के संग्रह में से कुछ कॉमिक्स पड़े थे; मैंने वे कॉमिक्स उस युवक को दे दिए, जो दरवाजे के पास खड़ा मुसकरा रहा था। उसने कॉमिक्स ले लिये और कहने लगा कि वह इन्हें पढ़कर वापस कर देगा। अपनी खिड़की से मैं उसे साइकिल से दालनवाला की ओर जाते देख रहा था।

कुछ दिन बाद वह फिर आया। उसके हाथ में कॉमिक्स की कुछ नई किताबें थीं। उन्हें मेरी मेज पर रखते हुए उसने कहा, ''ये सब नए-नए कॉमिक्स हैं। आप इन्हें अपने यहाँ रखा लीजिए, बाद में मैं ले लूँगा। मुझे घर में कॉमिक्स पढ़ने की इजाजत नहीं है।''

कुछ सप्ताह बाद ही मुझे पता चला कि वह शहर के बुक स्टोरों से कॉमिक्स और पत्रिकाएँ चुराया करता है। इस प्रकार बैठे-बिठाए मैं चोरी के सामान का रखवाला बन गया।

मेरी मकान मालकिन और एक-दो अन्य लोगों ने भी मुझे सुधीर के खिलाफ सचेत रहने को कहा था। हर कोई जानता था कि उसे स्कूल से निकाला जा चुका है। वह लाइब्रेरी का प्रभारी था और लाइब्रेरी में नई पुस्तकें आई थीं। उनका पंजीकरण कराने और लाइब्रेरी की मुहर लगवाने से पहले ही उसने उन्हें वापस उसी पुस्तक विक्रेता के यहाँ बेच दिया, जहाँ से वे खरीदी गई थीं। वह था तो बहुत साहसी, लेकिन किसी पब्लिक स्कूल में पढ़ने के लायक नहीं था। वह नगर निगम के एक स्कूल में पढ़ रहा था और गरीब होने के कारण लाइब्रेरी का खर्च नहीं उठा सकता था।

सुधीर की आदत गंदी जरूर थी, लेकिन उससे दूर रह पाना मेरे लिए मुश्किल लग रहा था। वह किसी को भी बहुत आसानी से हँसा देता था और ऐसे लोगों की बड़ी-से-बड़ी गलतियाँ भी लोग माफ कर देते हैं।

एक दिन वह आया और अपनी जेब से दो सफेद चूहे निकालकर मेरी मेज पर रख दिए।

"इन्हें मेरी ओर से अपने पास रख लो। मुझे इन्हें घर में रखने की इजाजत नहीं है।"

ऐसी बहुत सी चीजें थीं, जिन्हें घर में रखने की उसे इजाजत नहीं थी। खैर, उसके दोनों चूहों को एक पुरानी अलमारी में डाल दिया गया, जिसमें मकान मालकिन बचा हुआ खाना और बरतन वगैरह रखती थी। चूहे उसमें बहुत खुश थे, क्योंकि खाने के लिए ब्रेड और रोटी के टुकड़े मिल जाते थे। लेकिन एक दिन अचानक मुझे स्टोर रूम में चीख सुनाई दी। जाकर देखा तो हट्टी-कट्टी मकान मालकिन जोर-जोर से उछल रही थी। दरअसल, एक सफेद चूहा उसके ब्लाउज के अंदर घुस गया था और दूसरा उसकी पीठ पर दौड़ रहा था।

अब सुधीर को अपने चूहों के लिए दूसरा घर देखना था। या यूँ कहें कि मुझे भी अपने लिए दूसरा घर तलाशना था। उन दिनों अधिकतर लड़के और युवक तथा कुछेक लड़कियाँ साइकिल चलाते थे। सड़क के उस पार किराए पर साइकिल देनेवाली एक दुकान थी। सुधीर के कहने पर मैंने अपने दोनों के लिए साइकिल किराए पर ली। चाय के बागानों व सरसों के खेतों से गुजरते हुए हम कस्बे से बाहर आए। रास्ते में हमें एक छोटी सी नदी मिली। उसके पिछले पानी में हमने स्नान किया और बालू के ऊपर कुश्तीबाजी की। वैसे तो मैं सुधीर से उम्र में 3-4 साल बड़ा था, लेकिन सुधीर मुझसे कहीं ज्यादा हट्टा-

कट्टा था—लगभग छह फीट लंबा और चौड़े कंधों वाला। उसके माता-पिता विभाजन के समय पूर्वोत्तर सीमा प्रांत के एक जिले भानू से आए थे। उसके पिता सब्जी मंडी के पीछे एक छोटा सा प्रेस चलाते थे और 'द फ्रंटियर टाइम्स' नामक साप्ताहिक समाचार-पत्र निकालते थे।

हम अकसर नदी पर आते थे। स्कूल से चोरी से भाग आना और बाजार या सिनेमा जाना सुधीर की आदत बन गई थी। जब मेरी सुधीर से मुलाकात हुई, उस समय उसकी उम्र 16 वर्ष थी और जब हम अलग हुए, उस समय उसकी उम्र 18 वर्ष थी। लेकिन मुझे याद नहीं कि स्कूल के काम में कभी उसने दिलचस्पी दिखाई हो।

वह मुझे करनपुर बाजार स्थित अपने घर ले गया, जो उस समय भानू समुदाय का एक महत्त्वपूर्ण इलाका था। करनपुर के लड़के बहुत आक्रामक स्वभाव के थे। वे एक अंग्रेज के साथ सुधीर की दोस्ती से खुश नहीं थे। टकराव से बचने के लिए मैं उनके घर के सामने से होकर नहीं गुजरता था, बल्कि पीछे की गली से निकल जाता था।

सुधीर को उसकी माँ ने सिर चढ़ा रखा था। वह सुधीर को पिता के गुस्से से बचा लेती थी। सुधीर के माता-पिता दोनों को लगता था कि मेरे साथ रहकर सुधीर में सकारात्मक बदलाव आएँगे, इसलिए वे हमारी दोस्ती को बढ़ावा दे रहे थे। उसकी बड़ी बहन को लगता था कि सुधीर को सुधार पाना असंभव है और वह मुझे भी कोई बहुत अच्छा नहीं समझती थी—और शायद उसका सोचना ठीक भी था।

सुधीर के पिता ने मुझे अपने प्रेस में बुलाया और पूछने लगे कि क्या तुम मेरे साथ काम करोगे। मैं रोज सुबह दो घंटे उनके साथ काम करने की बात पर राजी हो गया। मेरा काम था अखबार की प्रूफ रीडिंग करना और न्यूज एजेंसी की रिपोर्टों का संपादन करना। कोई बहुत मनोरंजक काम नहीं था, लेकिन लाभदायक जरूर था।

इस बीच सुधीर ने कहीं से एक बंदर पकड़ लिया था, जिसे अपनी साइकिल के हैंडल पर लगी टोकरी में बैठाकर वह घुमाया करता था। लड़कियों के बीच अपनी पैठ बनाने के लिए ही वह ऐसा करता था। लड़कियाँ बंदर को देखकर टिप्पणी करती थीं—"कितना प्यारा है!" यह सुनकर सुधीर बंदर की शरारतें दिखाने के बहाने उनके पास पहुँच जाता था।

परंतु कुछ ही दिन में बंदर पर भी सुधीर की आशिक-मिजाजी का असर पड़ गया और वह अजीब-अजीब से हाव-भाव दिखाने लगा। एक बार तो वह एक लड़की का दुपट्टा लेकर भाग गया। पीछा करने पर दुपट्टा तो मिल गया, लेकिन इसका परिणाम यह हुआ कि सुधीर को लड़की के भाई के हाथों पिटना पड़ा, जिससे उसके गालों और आँखों पर काले निशान पड़ गए। उसके पिता ने बंदर को उसी मदारी को वापस दे दिया, जिससे सुधीर ने लिया था।

जल्दी ही सुधीर को पैसों की जरूरत रहने लगी। वह कुछ कमाता-धमाता तो था नहीं, माँ और बहन से जो पैसे ऐंठ लेता था उसी से उसका काम चलता था। उसके पिता मुझसे कहा करते थे कि इसे पैसे मत देना। मेरे पास भी बोर्डिंग और लॉजिंग का शुल्क चुकाने के बाद मुश्किल से ही कुछ पैसे बचते थे; लेकिन जब भी मेरा मनीऑर्डर या चेक आता था, सुधीर को भनक मिल जाती थी और वह मेरे इर्द-गिर्द मँडराने लगता था तथा अपनी परेशानी सुनाने लगता था। अंत में उससे पीछा छुड़ाने के लिए मुझे 5 या 10 रुपए देने ही पड़ते थे। (उन दिनों एक पत्रिका से 50 रुपए से ज्यादा नहीं मिलते थे।)

उसकी वजह से मेरे काम में रुकावट आने लगी थी और मेरे लिए वह एक समस्या ही बन गया था। कभी-कभी तो वह मेरी मकान मालकिन की दुकान से खाने की चीजें उठा लेता था और उसे मेरे खाते में डलवा देता था। मैंने साइकिलिंग के लिए जाना बंद कर दिया था। दरअसल, सुधीर ने एक साइकिल तोड़ दी थी, जिसके लिए दुकानदार मुझे जिम्मेदार ठहरा रहा था।

दुःख की बात यह थी कि सुधीर का कोई और दोस्त नहीं था। वह न तो कोई टीम गेम खेलता था और न ही उसके पास कोई रचनात्मक काम था, जिससे उसे अपने हमउम्र लड़कों का एक साथ मिल पाता। अकेले रहकर वह तरह-तरह की शैतानियाँ करता था। अगर वह किसी साइकिल रेस में भाग लेता तो जरूर विजेता होता। वह बाइक बहुत तेज चलाता था। लेकिन देहरा में साइकिल रेस नहीं आयोजित की जाती थी।

उसके बाद दो या तीन सप्ताह तक मुझे अपने इस दोस्त का कुछ अता-पता नहीं चला।

बाद में मुझे पता चला कि वह एक जवान और खूबसूरत स्कूल टीचर के चक्कर में पड़ गया था, जो उम्र में उससे पाँच वर्ष बड़ी थी और राजपुर में एक छात्रावास में रहती थी। वह साइकिल लेकर उसी ओर निकल जाता

था। उसमें आकर्षण तो था ही, जल्दी ही वह स्कूल टीचर भी उसके साथ साइकिलिंग के लिए जाने लगी। मेरे लिए तो इसमें कोई बुराई नहीं थी, लेकिन भारत जैसे देश में एक मध्यम वर्गीय परिवार के लिए यह मर्यादित नहीं था—कम-से-कम उन दिनों यानी 1957 में तो बिलकुल भी नहीं था। छात्रावास की वार्डन और दूसरी छात्राएँ तथा स्वयं सुधीर के माता-पिता इससे बहुत नाराज थे। अतः एक दिन जब सुधीर अचानक ही मेरे पास आया और कहने लगा कि वह एक इंटर कॉलेज में पढ़ाई करने के लिए नाहन जा रहा है, तो उस समय मुझे बिलकुल भी हैरानी नहीं हुई।

नाहन एक छोटा सा पहाड़ी कस्बा था, जो देहरा से करीब 60 मील की दूरी पर स्थित था। सुधीर को उसके मामा के यहाँ रहने के लिए भेज दिया गया, जो स्थानीय पुलिस विभाग में सब-इंस्पेक्टर थे। उन्होंने सुधीर को गलत रास्ते से हटाने का वादा किया था। वह अपना वादा पूरा कर सके या नहीं, यह तो मैं नहीं बता सकता, क्योंकि दो माह बाद ही मैं देहरा से दिल्ली चला गया। सुधीर के घरवालों से मेरा संपर्क टूट गया। कई वर्ष बाद एक पुराने परिचित से मुझे अपने दोस्त सुधीर के बारे में कुछ सुनने को मिला।

उसने अपने आपको काफी सुधार लिया था। अपने आकर्षक व्यक्तित्व और धारा-प्रवाह अंग्रेजी के बल पर उसे एक टी-स्टेट में सहायक के पद पर नौकरी मिल गई थी। वहाँ उसने अपने प्रबंधक और मालिक का विश्वास जीत लिया था। लेकिन अपनी आशिक-मिजाजी के चलते एक बार फिर वह मुश्किल में पड़ गया। चाय के बागानों में काम करनेवाली औरतें उसकी आशिक-मिजाजी का शिकार बनने लगीं। एक पत्नी रखने तक तो सब ठीक था, लेकिन एक साथ कई-कई पत्नियाँ रखकर उसने स्वयं अपने लिए मुसीबत मोल ले ली। एक दिन सुबह उसे मरा पाया गया। उसका गला कटा हुआ था।

2. द रॉयल कैफे सेट

देहरा उन दिनों मंदी के दौर से गुजर रहा था। लोगों के पास काम नहीं था। मेरे पड़ोसी सुरेश माथुर, जो एक आयकर वकील थे, के पास भी काम नहीं था। कारण यह था कि एक तो मंदी थी और कर देनेवाले लोग कम थे। जो थे भी वे बहुत दूर थे। दूसरी बात, जब उन्हें काम मिल भी जाता था तो वह पूरे मन से उसे नहीं करते थे। दरअसल, वह सुबह ग्यारह बजे से पहले

शायद ही कभी उठते थे और बस पकड़कर जब तक वह राजपुर से अपने दफ्तर में पहुँचते थे तब तक लंच का समय हो जाता था और सारे अधिकारी उठ चुके होते थे। तब वह रॉयल कैफे की ओर चल पड़ते और वहाँ एक-दो बीयर पीकर (जिसके लिए अकसर मुझे ही पैसे देने पड़ते थे) पहली मंजिल पर स्थित अपने दफ्तर में जाकर सोफे पर पड़ जाते और सो जाते। शाम को 6 बजे जब वह उठते, तब तक आयकर कार्यालय बंद हो चुका होता था।

उसके दफ्तर के बगलवाले दो कमरे मैंने किराए पर ले रखे थे। हमारी दोस्ती हो गई थी और दोनों मिलकर पी.जी. वोडहाउस का काम किया करते थे। मैं समझता हूँ कि उसने अपने आपको बर्टी वूस्टर (Bertie Wooster) के स्टाइल में ढाल लिया था—बैंगनी या पीले रंग की जुराबें, गुलाबी रंग की कमीज और चमकीले हरे रंग की टाई पहने वह किसी को भी अपनी ओर आकर्षित करने में सक्षम था। बर्टी वूस्टर की तरह उसके पास कोई जीव्स नहीं थी, जो उसका खयाल रखती और उसे मुश्किलों से बचाती। सुरेश के साथ मैं बहुत ज्यादा दोस्ताना बढ़ाने से बचता था, क्योंकि उसकी उधार लेने की आदत थी और एक बार उधार ले लेने के बाद वह उसे लौटाना भूल जाता था। मेरे पास भी बहुत ज्यादा पैसे नहीं होते थे, इस कारण मैं किसी फिजूलखर्च व्यक्ति के साथ दोस्ती रखकर नहीं चल सकता था। सुधीर एक अच्छी-खासी समस्या बन गया था।

उन दिनों देहरा में ऐसे लोगों की कमी नहीं थी, जो या तो उधार के पैसों से अपना काम चलाते थे या फिर बिना पैसे के ही रह लेते थे। कई लोगों की टेलीफोन लाइनें कट चुकी थीं और बिजली का कनेक्शन भी कट गया था। मेरे कमरे में बिजली नहीं थी, क्योंकि पूर्व किराएदार एक हजार का बिल छोड़कर चला गया था, जो मेरे जिम्मे पर आ गया था। मेरी मासिक आय 500 रुपए से ज्यादा नहीं होती थी। कोई बात नहीं। मिट्टी के तेल की कमी नहीं थी और लैंप की रोशनी मेरे साहित्यिक काम के लिए अच्छी थी।

कई लोग ऐसे थे, जिनका हाथ तंग था। एक स्विस पत्रकार विलियम मैथसन, जिनका ज्यूरिख (Zurich) से आनेवाला पैसा नहीं आ रहा था; मेरी मकान मालकिन, जिसका पति दो साल पहले उसे छोड़कर चला गया था; मिस्टर मदन, जो सेकंड हैंड कारों की खरीद-फरोख्त करते थे, पर कोई लेनदार नहीं था; कॉर्नरवाले रेस्त्राँ का मालिक, जो मायूस होकर खाली टेबलों के बीच अकेला

बैठा रहता था। आइडियल बुक डिपो का मालिक, जो विवश होकर औने-पौने दाम पर अपना बचा हुआ स्टॉक बेचकर डिपार्टमेंटल स्टोर शुरू करने जा रहा था। हम शिकायत करते हैं कि आजकल बहुत कम लोग किताबें पढ़ते हैं, लेकिन मैं पूरे विश्वास के साथ कह सकता हूँ कि, 50 और, 60 के दशक में किताबों के खरीदार और भी कम थे। केवल डॉक्टर, दंत चिकित्सक और अंग्रेजी माध्यम के स्कूलों के मालिक ही पैसा कमा रहे थे।

सुरेश के पास जो भी पैसा आता, उसे खर्च कर देता था और उससे ज्यादा वह लोगों से उधार लेकर खर्च करता था। एक मामले में वह हम सबसे अच्छा था—उसके पास राजपुर में एक पुराना बँगला था, जो उसे पिता से मिला था। उसमें वह परिवारवालों से अलग एक नौकर के साथ रहता था। उसकी अचल संपत्ति को देखकर उसे लोग उधार दे भी देते थे। आम और लीची का एक बगीचा भी था, जिसे वह हर साल किसी को ठेके पर दे देता था, ताकि दोस्तों को एक भी आम या लीची खाने को न मिले। उससे जो पैसा मिलता था, उससे वह अपने ऑफिस का किराया देता था और जो थोड़े-बहुत बचते थे, उन्हें रॉयल कैफे के मालिक को दे देता था।

जब एक वकील का यह हाल था तो पत्रकार की तो बात ही अलग थी। फिर भी विलियम मैथसन जर्मन पत्रों के संवाददाता वॉन हेसल्टीन के सहायक के रूप में भारत आए। उस समय उनके पास सबकुछ था। वॉन हेसल्टीन ने अपना कुछ काम विलियम को दे दिया था और कुछ समय तक सबकुछ ठीक-ठाक चलता रहा। विलियम वॉन हेसल्टीन और उनके परिवार के साथ रहते थे। सुरेश के साथ उनका दोस्ताना रिश्ता था, जिसके एवज में रॉयल कैफे में ड्रिंक्स का पैसा अकसर उन्हें ही चुकाना पड़ता था। तभी विलियम एक गलती कर बैठे—वॉन हेसल्टीन की पत्नी के साथ प्रेम संबंध बना लिया। फिर क्या था, वॉन हेसल्टीन ने उन्हें घर से निकाल दिया और उन्हें काम देना भी बंद कर दिया।

तब विलियम दून गेस्ट हाउस में एक कमरा लेकर उसमें रहने लगे। उन्होंने एक पुराना टाइपराइटर किराए पर लिया और स्वतंत्र रूप से एक संवाददाता के रूप में काम करना शुरू कर दिया। तीन महीने का किराया एडवांस में देने के बाद शुरू में उनकी खूब आवभगत हो रही थी। स्विस और जर्मन समाचार-पत्रों को उन्होंने अपने लेखों से भर दिया, लेकिन इन्हें समझनेवाले लोग कम

ही थे। यूरोप में भारत की पंचवर्षीय योजनाओं या कॉरबिजियर के चंडीगढ़ या फिर भाखड़ा नांगल बाँध में दिलचस्पी लेनेवाला कोई नहीं था। भारत में पुस्तक प्रकाशन पाठ्य पुस्तकों तक ही सीमित था, नहीं तो विलियम अपने अनुभवों का विस्तृत विवरण फ्रेंच फॉरेन लीजन (French Foreign Legion) में प्रकाशित करा देते। रॉयल कैफे में रम के दो या तीन पैग के बाद वह लीजन में अपनी प्रशंसा की कहानियाँ हमें सुनाने लगते—डीन बीन-फू (Dien Bien-Phu) के अधिग्रहण के पहले की और बाद की भी। कुछ कहानियों में सच्चाई होती थी तो कुछ अन्य, खासकर उनके प्रेम-संबंधों से जुड़ी कहानियाँ, सिर्फ गप्प ही होती थीं। लेकिन उनकी कहानी सुनने के लिए बीयर या कॉफी का बिल चुकाने में मुझे कोई तकलीफ नहीं होती थी।

किसी अज्ञात स्वतंत्र लेखक के लिए वे दिन बहुत अच्छे थे। लेखन से अपनी जीविका चलाने का मेरा सपना साकार हो रहा था और यह सब मैं लंदन व नई दिल्ली से मुँह मोड़कर उत्तर भारत के एक छोटे से शहर में रहकर कर रहा था। मशहूर या अमीर लेखक बनने की मेरी कोई महत्त्वाकांक्षा नहीं थी। बस, मैं लिखना चाहता था। इसके अलावा अगर कुछ चाहता था तो बस कुछेक पाठकों का जुड़ाव और समय-समय पर चेक, जिससे मैं अपने सपने को लेकर आगे बढ़ सकता।

चेक अपने-अपने समय पर आते रहते थे। पचास रुपए का चेक 'वीकली' से, पैंतीस रुपए का चेक 'द स्टेट्समैन' से और इतने का ही चेक 'स्पोर्ट एंड पास्टाइम' से। गुजारे के लिए इतना बहुत था। साथ ही, यह सुरेश माथुर और विलियम जैसे पेशेवरों को हैरानी में डालने के लिए भी पर्याप्त था, जो यह सोच रहे थे कि मेरी कमाई उनसे ज्यादा नहीं है। सुरेश ने तो यहाँ तक कह दिया कि मुझे आयकर भरना चाहिए—क्योंकि उनके दूसरे क्लाइंट गायब हो गए थे।

एक वयोवृद्ध कर्नल विल्की थे, जो ह्वाइट हाउस होटल के एक कमरे में रहते थे और अपनी छोटी सी पेंशन में गुजारा करते थे। कुछ वर्ष पहले उनकी पत्नी उनकी पीने की आदत से तंग आकर उन्हें छोड़कर चली गई थी। लेकिन उनका कहना था कि उन्होंने स्वयं उसे छोड़ दिया था, क्योंकि उसकी फर्नीचर हटाने की खराब आदत थी—लगता है, वह बार-बार कमरा बदलती रहती थी और कमरे का ठीक-ठाक सामान रद्दी में बेचकर उनकी जगह नए सामान

खरीदती रहती थी। कर्नल साहब अगर अपनी पसंद की कोई आराम कुरसी लाते और उसमें बैठकर आराम महसूस करते तो अगले ही दिन वह कुरसी गायब हो जाती और उसकी जगह पर दूसरी भद्दी-सी कुरसी दिखाई देती।

"यह एक तरह की मानसिक यातना थी।" ह्वाइट हाउस होटल के बरामदे में मेरे साथ बैठकर बीयर पीते हुए कर्नल विल्की मुझे बताते थे," बैठक कक्ष में तरह-तरह के सजावट के सामान और साइड टेबल भरे पड़े रहते थे, ताकि मैं बार-बार उनसे टकराकर गिरूँ। कमरे को बिलकुल खान बना दिया था और यह खान कभी भी एक जगह पर नहीं रहती थी। आप देखिए, मैं लँगड़ाकर चल रहा हूँ।"

"पहला विश्व युद्ध?" मैं बोल पड़ा।

"वाइप्रस में चोट लगी? या फिर फ्लैंडर्स में?"

"नहीं, ऐसी बात नहीं।" कर्नल साहब बताने लगे। उसमें एक-दो चोटें जरूर लगी थीं, लेकिन इन कुर्सियों और मेजों से लगनेवाली चोटों के आगे वे कुछ नहीं हैं। कॉफी टेबल पर गिर गई और कंधे में मोच आ गई। उसके बाद गलत जगह पर रखे एक-एक स्टूल से टकराकर गिरा तो टखने में चोट लग गई। किताबों की अलमारी मेरे ऊपर गिर गई। तह करके रखे कार्पेट में पैर फँसा और मैं गिर गया। परदे की रॉड से चोट लग गई। आप बरदाश्त कर सकते हैं यह सब?"

"नहीं।" मैंने कहा।

"उसे छोड़ना पड़ा। वह इंग्लैंड चली गई। आधी पेंशन उसे गुजारा भत्ते के रूप में भेजता हूँ। सब फर्नीचर पर खर्च हो गया।"

"मेरे खयाल से यह एक तरह का अंधविश्वास है। तरह-तरह की चीजें इकट्ठा करना।"

कर्नल ने बताया कि हद तो उस समय हो गई, जब उनके पसंदीदा स्प्रिंग बेड की जगह पर कठोर लकड़ी का बना एक बेड लाकर रख दिया गया। उस पर सोना किसी यातना से कम नहीं था और फिर वह घर छोड़कर हाउस होटल में रहने के लिए चले गए।

अब वह अपने कमरे की कोई भी चीज किसी को छूने नहीं देते। मेजपोश पर बीयर के धब्बे पड़े थे। उनके परिवार की सामूहिक फोटो पर जाले लग गए थे। किताबों पर धूल जमी थी। ड्रेसिंग टेबल पर दवाई की खाली बोतलें

पड़ी थीं और उनके जूतों में चूहों ने घर बना लिया था। वह अपने कमरे में कुछ भी बदलाव नहीं देख सकते थे। मैंने उनका कमरा ठीक से नहीं देखा था, क्योंकि हम अकसर बाहर बरामदे में ही बैठ जाया करते थे बैरा वहीं आकर बीयर की बोतलें दे जाया करता था, जिसका भुगतान करना मेरा धर्म-सा बन गया था। मैं समझता हूँ कि कर्नल साहब की उम्र उस समय साठ के करीब रही होगी। वह कहीं आते-जाते नहीं थे, अहाते में टहलने भी नहीं जाते थे। इस निष्क्रियता के लिए वह अपनी अक्षमता को जिम्मेदार मानते थे; लेकिन इसका वास्तविक कारण यह था कि उनकी घूमने-फिरने की इच्छा ही नहीं होती थी। वह बार से बाहर निकलना ही नहीं चाहते थे अब मैं उस उम्र में हूँ और पहले की अपेक्षा आधी भी चुस्ती नहीं है; लेकिन मेरे पास कहने के लिए कहानियाँ हैं और मैं लिखने में लगा रहता हूँ। लिखते रहना जरूरी भी है।

कर्नल विल्की ने अपने आपको जिंदगी के हवाले कर दिया था। वह इंग्लैंड चले जाते; लेकिन वहाँ उनकी और भी दुर्दशा होती, क्योंकि वहाँ उनके लिए ड्रिंक खरीदकर देनेवाला कोई नहीं था, और एक आशंका यह भी थी कि उनकी पत्नी वापस उनके पास आ जाती और फिर से कुरसियों व मेजों की उठा-पटक शुरू कर देती।

3. बीबीजी

मेरी मकान मालकिन एक जबरदस्त महिला थीं। '50 के दशक का देहरा का मेरा यह छोटा सा संस्मरण उनके जीवन-चित्रण के बिना पूरा नहीं हो सकता।

वह अकसर कहा करती थीं, ''रस्किन, एक दिन मेरे जीवन की कहानी लिखना।'' और मैं भी ऐसा करने का वादा करता था। वैसे तो उनके ऊपर पूरी एक किताब लिखी जानी चाहिए, लेकिन इस छोटी सी पुस्तक में मैं उनके साथ यथासंभव न्याय करने की कोशिश करूँगा।

दरअसल वह मेरे पंजाबी सौतेले पिता की पहली पत्नी थीं। जानकर हैरानी हुई? आप सोच रहे होंगे कि अपने सौतेले पिता और माता के साथ रहने की बजाय मैं सौतेले पिता की पहली पत्नी के साथ क्यों रहा था।

इसका आसान सा उत्तर है। वह एक लंबी-चौड़ी और हट्टी-कट्टी महिला थीं। उनके साथ मेरी ज्यादा पटती थी। मेरे सौतेले पिता के साथ उनकी शादी बहुत कम उम्र में हो गई थी। दहेज के रूप में उन्हें एक फोटोग्राफिक

सैलून मिला था, जिसे मेरे सौतेले पिता चलाने लगे। सौतेले पिता ने उन्हें छोड़कर मेरी माँ से शादी कर ली और सैलून को बेचकर बिल्डिंग का एक हिस्सा उन्हें दे दिया। अपना और अपने दो छोटे-छोटे बच्चों का पेट भरने के लिए उन्होंने एक छोटा सा प्रोविजन स्टोर शुरू कर दिया और इस प्रकार वह देहरा की पहली महिला दुकानदार बन गईं।

मैंने देहरा में स्वतंत्र लेखन का काम शुरू ही किया था और दिल्ली जाकर मैं अपनी माँ और सौतेले पिता के साथ नहीं रहना चाहता था। जब बीबीजी—मैं उन्हें 'बीबीजी' कहकर बुलाता था—ने राजपुर में अपने फ्लैट का एक हिस्सा अनुकूल शर्तों पर मुझे देने की बात की तो मैंने बिना किसी हिचकिचाहट के स्वीकार कर लिया और दो साल तक उसमें रहने का फैसला कर लिया। लगभग पचास साल बाद, फ्लैट अब भी वहीं है, लेकिन अब उसमें एक आइसक्रीम पार्लर चल रहा है।

'बीबीजी' अपनी दुकान में खाने-पीने का सामान बेचती थीं। कभी-कभी मैं भी उनके काम में हाथ बँटा दिया करता था। इससे बहुत सारी दालों के नाम मुझे याद हो गए थे—मूँग, मलका, मसूर, अरहर, चना, राजमा वगैरह। वह मंडी जाकर होलसेल रेट पर ये सामान खरीदती थीं। कभी-कभी मैं भी उनके साथ मंडी जाता था और ठेलागाड़ी में सामान लादकर ले आता था। वह स्वयं बहुत ताकतवर थीं। चावल और गेहूँ के जिन बोरों को मैं नहीं उठा पाता था, उन्हें वह बहुत आसानी से उठा लेती थीं।

उनका एक सहायक था, जो एक बिहारी युवक था। वह ठेलागाड़ी को दुकान तक खींचकर लाता था और माल लादने-उतारने में मदद करता था। सुबह 8 बजे वह दुकान खोलती थीं और उससे पहले वह हमारे लिए नाश्ता तैयार कर देती थीं—मेरे पसंदीदा शलगम के अचार के साथ पराँठा और सर्दियों में लाल गाजर के जूस से बननेवाला लजीज काँजी। दुकान खुलने के बाद मैं ऊपर जाकर अपने लेखन के काम में लग जाता था।

कभी-कभी वह हिसाब-किताब लगाने या बिल बनाने के लिए मेरी मदद माँगती थीं, क्योंकि वह स्वयं बहुत कम पढ़ी-लिखी थीं। लेकिन दुकानदारी चलाना उन्हें खूब आता था। उन्हें पता होता था कि किसे उधार दिया जाना चाहिए और किसे नहीं। वह मुझे भी ऐसे दोस्तों से सचेत रहने के लिए कहती थीं, जो पैसे उधार तो ले लेते थे, लेकिन उसे वापस करने का इरादा नहीं रखते

थे। लेकिन इस चेतावनी पर मैंने कभी ध्यान ही नहीं दिया। ऐसे दोस्तों की कमी नहीं थी, जिन्हें हमेशा पैसों की सख्त जरूरत रहती थी—सुधीर, विलियम, सुरेश और एक-दो और। मैं तो यही सोचकर हैरान हूँ कि मुझे भी उनकी तरह उधार नहीं लेना पड़ता था। जबकि मेरी आमदनी निश्चित नहीं थी। पत्रिकाओं की ओर से जो चेक या मनीऑर्डर मिलते थे, वे भी हमेशा समय पर नहीं आते थे। लेकिन देर-सबेर कहीं-न-कहीं से कुछ आ ही जाता था। इस मामले में मैं भाग्यशाली था।

□

बीबीजी की एक सहेली थी श्रीमती सिंह, जो उनकी पड़ोसिन भी थी। वह 30-35 साल की एक आकर्षक महिला थी और हुक्का पीती थी। आगरा के पास अपने गाँव के भूतों और चुड़ैलों की कहानियाँ वह खूब सुनाया करती थी। उसके पति को हम बहुत कम देख पाते थे। वह एक्साइज इंस्पेक्टर था और पैसा कमाने में व्यस्त रहता था।

बीबीजी और श्रीमती सिंह की दोस्ती बहुत गहरी थी। वे कभी एक-दूसरे से अलग नहीं होती थीं। दोनों की पारिवारिक स्थिति भी एक जैसी ही थी। दोनों अपने पति से दूर थीं। दिन में श्रीमती सिंह दुकान में बैठ जाती थीं और ग्राहकों को निपटाती थीं। रात में जब दुकान बंद हो जाती थी, तब दोनों सहेलियाँ एक चारपाई पर आराम से बैठ जातीं और रजाई या कंबल में दुबकने के बाद मुझे भी पास ही दूसरी चारपाई पर बैठा लेतीं। फिर या तो मुझे उनकी कहानियाँ सुननी पड़तीं या फिर अपनी एक-दो कहानियाँ उन्हें सुनानी पड़तीं। श्रीमती सिंह का एक छोटा सा लड़का था, जो हर समय कभी जलेबी, कभी लड्डू तो कभी बरफी ही खाता रहता था। इसीलिए शायद उसका नाम 'लड्डू' पड़ गया था। और उसका शरीर भी लड्डू की तरह ही था।

बीबीजी का बेटा और बेटी दोनों एक रेजीडेंशियल स्कूल में पढ़ते थे। वे कभी-कभी ही घर आते थे और हर बार अपने बेटे के लिए और ज्यादा मिठाइयाँ लेकर आते थे। बीबीजी के साथ अपनी पत्नी की अंतरंगता को उन्होंने कभी दूसरे भाव से नहीं देखा। उनका ध्यान तो वैसे भी दूसरी चीजों पर रहता था। बीबीजी और श्रीमती सिंह ने मिलकर मेरी शादी करने की योजना बनाई। जब मैंने यह कहते हुए विरोध किया कि अभी तो मैं तेईस वर्ष का ही हूँ, तब दोनों ने कहा कि शादी के लिए इतनी उम्र काफी है। बीबीजी की नजर

में एक एंग्लो-इंडियन स्कूल की अध्यापिका थी, जो कभी-कभी उनकी दुकान पर आया करती थी। लेकिन श्रीमती सिंह ने उसे यह कहकर खारिज कर दिया कि उसकी टाँगें बहुत लंबी और पतली हैं। उन्होंने एक स्थानीय पादरी की बेटी की बात चलाई, जो पक्के रंग की एक फैशनपरस्त लड़की थी। लेकिन बीबीजी ने उसे यह कहते हुए खारिज कर दिया कि वह बहुत ज्यादा बनाव-शृंगार करती है और बहुत मोटी है। दोनों इस बात पर सहमत हुईं कि मेरी शादी किसी साधारण-सी लड़की से होनी चाहिए, जो खाना बना सके, सिलाई मशीन चला सके और थोड़ी-बहुत अंग्रेजी बोल सके।

''और जिसकी टाँगें मजबूत हों।'' मैं बीच में बोल पड़ा।

दोनों में से किसी को भी यह बात मालूम नहीं थी, लेकिन मैं कमला नाम की एक लड़की को चाहता था, जो फ्लैट के पीछेवाले क्वार्टर में अपने माता-पिता के साथ रहती थी। अपनी बड़ी-बड़ी सुंदर आँखों से वह हमेशा मेरी ओर शरारत से देखा करती थी। जब भी मैं उसके पास से होकर गुजरता था, हम दोनों एक-दूसरे से दोस्ताना हँसी-मजाक करने लगते थे, मानो हम बहुत पहले से एक-दूसरे को जानते हों। लेकिन उसकी मँगनी पहले ही हो चुकी थी—एक विधुर के साथ, जो उम्र में उससे काफी बड़ा था। कस्बे के बाहर उसकी जमीन थी। कमला के घरवाले बहुत गरीब थे। उसके पिता के ऊपर बहुत कर्ज था। इस प्रकार यह शादी गरीबी का परिणाम थी। मैं कुछ कर भी तो नहीं सकता था। मेरे पास न जमीन थी और न ही कोई और संभावना थी। लेकिन शादी के बाद जब वह अपने ससुराल चली गई तो मैंने उसके छोटे भाई के साथ दोस्ती कर ली और उसके माध्यम से ही समय-समय पर कमला को शुभकामनाएँ भेजने लगा। अब तो वह एक अतीत, सुखद अतीत बनकर रह गई है; लेकिन दिल से उसकी यादों को मिटा पाना मेरे लिए संभव नहीं है। क्या मेरी शादी उसके साथ हो सकती थी? वह बहुत साधारण, अनपढ़ लड़की थी; लेकिन मेरे लिए स्वीकार्य थी।

राजपुर रोड में बिताए वे दो वर्ष बहुत घटनापूर्ण रहे। सुधीर, विलियम और सुरेश के साथ दोस्ती, बीबीजी की दुकान, कमला के साथ वह अविस्मरणीय दोस्ती। मैंने उस दौरान खूब लिखा और अपनी कुछेक कहानियाँ भी बेचीं। लेकिन पारिश्रमिक ज्यादा कुछ नहीं मिला। सब लोग मुझे दिल्ली जाकर अपनी किस्मत आजमाने को कह रहे थे। इस प्रकार मैंने देहरा छोड़ दिया और दिल्ली

जानेवाली बस में सवार हो गया। दिल्ली में एक लेखक के रूप में तो मैं कुछ अच्छा नहीं कर सका, लेकिन एक नौकरी जरूर मिल गई, जिससे एक-दो साल तक मेरा काम चलता रहा।

लेकिन अब बीबीजी की बात, जिसे मैं अधर में नहीं छोड़ सका। कई वर्षों तक वह अपनी दुकान चलाती रहीं। बाद में स्वास्थ्य बिगड़ने पर ही उन्होंने दुकान बंद की। दुकान बेचकर वह दिल्ली में अपनी विवाहित बेटी के पास रहने चली गईं। मैं बीच-बीच में उनसे मिलता रहता था। वह उच्च रक्तचाप और मधुमेह से पीड़ित थीं और अंततः 80-85 वर्ष की उम्र में उनकी आँखें भी खराब हो गईं। मुझसे मिलकर वह बहुत खुश होती थीं और मेरे लिए दुलहन ढूँढ़ने की कोशिश उन्होंने कभी नहीं छोड़ी।

आखिरी बार उनके निधन से कुछ समय पहले—जब मैं उनसे मिला तो उन्होंने कहा, ''रस्किन, एक विधवा महिला है, जो कभी-कभी यहाँ आती है। उसके दो बच्चे हैं, जो बड़े हो गए हैं। अपने बड़े से घर में वह अकेला महसूस करती है। तुम कहो तो उससे बात करूँ। अब तुम्हें घर बसा लेना चाहिए। उसकी उम्र अभी साठ वर्ष ही है।''

''धन्यवाद बीबीजी!'' दोनों कानों पर हाथ रखकर मैंने कहा, ''लेकिन मुझे लगता है कि अब मैं अगले जन्म में ही घर बसा पाऊँगा।''

□

11

शीतकाल, सुनसान हिल स्टेशन

रोज देखता हूँ मैं तुम्हें—
बर्फ की तरह ठंडी जमीन पर चलते हुए,
नंगे पाँव।
मैं दोस्त बनाना चाहता हूँ तुम्हें,
पर तुम तो इधर देखते ही नहीं।
रोज देखता हूँ मैं तुम्हें—
कड़ाके की ठंड में जाते हुए,
भूखे—बिलकुल भूखे।
मैं अपने साथ खिलाना चाहता हूँ तुम्हें,
पर तुम हो कि इधर देखते ही नहीं।
रोज सुनता हूँ मैं तुम्हें,
अँधेरे में जोर-जोर से खाँसते हुए।
मैं गरमी देना चाहता हूँ तुम्हें,
पर तुम हो कि इधर देखते ही नहीं।
रोज देखता हूँ मैं तुम्हें,
मेरे एकाकी रास्ते से अकेले गुजरते हुए,
तुम्हारे साथ चलना चाहता हूँ मैं
पर तुम हो कि इधर देखते ही नहीं।

□

12

अध्ययन का रोमांच

1. लघु पुस्तिकाओं का सौंदर्य

आजकल वे छोटी पुस्तिकाएँ—जो सही मायने में पॉकेट बुक्स हुआ करती थीं—देखने को नहीं मिलतीं, जो हमारे माता-पिता या दादा-दादी के बीच काफी लोकप्रिय हुआ करती थीं। ये पुस्तिकाएँ पेपरबैक की अपेक्षा बहुत छोटी, कभी-कभी हथेली से भी छोटी होती थीं। कॉफी टेबल पुस्तकों के आने से किताबों का आकार बड़ा होता जा रहा है। एक दिन ऐसा आएगा, जब ये पुस्तकें—गलत बोतल से ड्रिंक कर लेने के बाद एलाइस की तरह—छत की ऊँचाई तक पहुँच जाएँगी। औसत प्रकाशक—जो यह मानकर चलते हैं कि लाभ बड़ी पुस्तकों में ही मिलता है—इन पुरानी लघु पुस्तिकाओं को देखकर या तो हँसेंगे या फिर देखकर मुँह फेर लेंगे। यह सच है कि वे पुस्तकें कॉफी टेबल के लिए उपयुक्त नहीं थीं, लेकिन पुस्तक-प्रेमियों के लिए वे बहुत सुविधाजनक थीं, क्योंकि उन्हें बहुत आसानी से जेब में डालकर चला जा सकता था।

मेरे पास ऐसी लघु पुस्तिकाओं का एक संग्रह है, जिसे मैंने वर्षों से सँजोकर रखा है। इनमें सबसे महत्त्वपूर्ण है मेरे पिताजी की प्रार्थना-पुस्तिका व भजन संग्रह और जिसके आवरण पर उनका नाम लिखा है—ऑब्रे बॉण्ड, लवडेल, 1917, (Aubrey Bond, Lovedale, 1917)। लवडेल दक्षिण भारत में नीलगिरि पहाड़ियों में स्थित एक स्कूल है, जिसमें उन्होंने युवावस्था में अपना अध्यापक प्रशिक्षण प्राप्त किया था। 1944 में शिमला के एक बोर्डिंग स्कूल में जाने के बाद उन्होंने मुझे यह पुस्तक दी थी। इस पर उनके सुंदर हस्तलेख में मेरा नाम लिखा हुआ है। मेरे संग्रह में एक और प्रार्थना की पुस्तक है, जिसका नाम है—‘द फिंगर प्रेयर बुक’। इसकी बाइंडिंग मुलायम लेदर से हुई है और लंबाई-

चौड़ाई में यह मध्यमा उँगली जैसी है। यह पुस्तक प्रार्थना और भजनों से भरी पड़ी है। लघु पुस्तिकाओं में यह किसी चमत्कार से कम नहीं है।

'द ह्यूमर ऑफ चार्ल्स लैंब' (The Humour of Charles Lamb) भी कोई ज्यादा बड़ी नहीं है। मुलायम चमड़े की जिल्दवाली यह पुस्तक मेरे बटुए में आराम से आ जाती है। इसमें महान् निबंधकार की एक छोटी सी फोटो के साथ-साथ उनके 30-40 उद्धरण हैं। उदाहरण के लिए, एक उद्धरण जो मेरा पसंदीदा है—"हर मृत आदमी मुझे यह समझाए कि 'जैसा वह अभी है, मैं भी जल्दी ही वैसा ही हो जाऊँ।' इतनी जल्दी नहीं जितनी आप सोच रहे हैं। अभी मैं जिंदा हूँ। मैं चलता-फिरता हूँ। मैं तुम्हारे जैसे बीस के बराबर हूँ।"

भाग्यवादी नहीं लैंब। समय के साथ उन्होंने कोई समझौता नहीं किया। वह कहा करते थे कि वृद्धावस्था में भी हमें वैसे ही चमकते रहना चाहिए, जैसे युवावस्था में। लेकिन फिर भी लैंब को पुरानी सोच का लेखक माना जाता है।

इन लघु पुस्तिकाओं में मेरी एक और पसंदीदा पुस्तिका है—'मॉर्निंग पोस्ट' अखबार द्वारा 1932 में प्रकाशित 'द पॉकेट ट्रिवेट एन. एंथोलॉजी फॉर ऑप्टीमिस्ट्स।' लेकिन यह ट्रिवेट क्या है? ट्रिवेट धातु की बनी एक छोटी-सी तिपाई होती है जो छोटे बरतन या केतली वगैरह रखने के लिए स्टैंड का काम करती है। ट्रिवेट की तरह ठीक होने का अर्थ होता है पूरी तरह से ठीक होना। बिलकुल ठीक, इस पुस्तक में दी गई सूक्तियों की तरह, जिन्हें 17वीं शताब्दी के मूल लेखों पर आधारित उद्धरणों से और भी जीवंत बना दिया गया है; जैसे एक पतंगे का उदाहरण, जो मोमबत्ती की लौ के इर्द-गिर्द मँडरा रहा है और उसके नीचे लिखा है—"(इसमें) मैं अपनी पीड़ा ढूँढ़ रहा हूँ।"

लेकिन पुस्तक में ज्यादातर सूक्तियाँ मनोरंजक प्रकृति की हैं, उदाहरण के लिए इमर्सन की—"अपनी गाड़ी को एक तारे से बाँध दो", या वेस्ट इंडीज की कहावत—"हर रोज क्रिसमस नहीं और हर रोज बारिश का दिन नहीं।"

इस प्रकार यह छोटी सी पुस्तिका बहुत कम स्थान में भी ज्ञान के बहुत से मोती समेटे हुए है। यह मुझे अपनी जर्जर बिल्डिंग को भुलाकर अपने बेडरूम की खिड़कियों से बादलों के बदलते स्वरूप को निहारने में मेरी मदद करती है। बादल कब, किस रूप और आकार में दिखाई देंगे, इसकी कोई सीमा नहीं

है, न ही उन्हें देखकर मेरे मन में उठनेवाली कहानियों का कोई अंत है। सौंदर्य और संतोष की तलाश में हमें दुनिया में भटकने की जरूरत नहीं है। आखिरकार, जिंदगी से जुड़ी ज्यादातर चीजें हमें अपने मन के भीतर ही मिलती हैं। मेरी इस पुस्तिका में एक अज्ञात संत का कथन है—"इस दुनिया का आकार मनुष्य के सिर के आकार के बराबर ही है।"

2. हस्तलिखित

आजकल के लेखकों में मेरे जैसा लेखक मुश्किल से ही मिलेगा—ऐसा लेखक, जो हाथ से लिखता है।

टाइपराइटर के आविष्कार के बाद ज्यादातर संपादकों और प्रकाशकों ने हस्तलिखित पांडुलिपियों की ओर देखना ही बंद कर दिया। एक या दो दशक पहले जब डिकेंस और बाल्जाक (Balzac) ने अपनी हस्तलिखित भारी-भरकम पांडुलिपि प्रकाशकों को सौंपी थी, तब किसी ने भी कोई विरोध नहीं किया। उनकी लिखावट यदि गंदी भी होती तो भी उनकी पांडुलिपियाँ पढ़ी जातीं। हम सबके लिए सौभाग्य की बात है कि ज्यादातर लेखकों ने—चाहे वे प्रसिद्ध लेखक रहे हों या फिर संघर्षरत लेखक—अपनी लिखावट अच्छी बनाने के लिए काम किया। कुछ पांडुलिपियों की लिखावट स्वाभाविक रूप से ही इतनी सुंदर है कि उन्हें देखना और पढ़ना अच्छा लगता है।

ऐसा नहीं है कि लेखक ही हाथों से लिखा करते थे। हमारे पूर्वजों की भी लिखने की अपनी अलग कला और शैली थी। मेरे पिताजी का अंतिम पत्र अब भी मेरे पास रखा है, जो उन्होंने लगभग पचास साल पहले मुझे लिखा था, जब मैं शिमला के एक बोर्डिंग स्कूल में रहता था। वह बड़े आकार के पेपर पर बड़े सुंदर ढंग से पत्र लिखते थे और उनके विचारों का प्रवाह भी उतना ही सुंदर होता था जितना सुंदर उनका हस्तलेख होता था।

पत्र में उन्होंने मुझे अपनी लिखावट पर ध्यान देने का सुझाव दिया है (उस समय मैं नौ वर्ष का था)—तुम्हारी लिखावट के बारे में मैं पहले ही लिखना चाहता था। "रस्किन, कभी-कभी मैं देखता हूँ कि पत्र में तुम बहुत छोटे-छोटे अक्षरों में लिखते हो—ऐसा लगता है जैसे एक छोटे से पेपर पर तुम सबकुछ उड़ेल देना चाहते हो। इतना छोटा-छोटा लिखना तुम्हारी आँखों के लिए ठीक नहीं है···। थोड़े बड़े-बड़े अक्षरों में लिखने की आदत डालो और जरूरत पड़ने पर और पेपर लो।"

उनकी सलाह पर अमल करने की मैंने अपनी ओर से पूरी कोशिश की और आज मैं खुश हूँ कि लेखन के क्षेत्र में आने के चालीस साल बाद भी आज ज्यादातर लोग मेरी लिखावट आसानी से पढ़ सकते हैं। आजकल वर्ड प्रोसेसर का चलन खूब बढ़ गया है और मुझे इसमें कोई बुराई नहीं नजर आती। वैसे तो मुझे अपने ओलंपियाड टाइपराइटर में भी कोई बुराई नहीं दिखाई देती, जो 1956 का बना हुआ है और अभी तक ठीक-ठाक चल रहा है। यद्यपि मैं सारा लेखन हाथ से करता हूँ, लेकिन हाथ से लिखने के बाद उसे टाइपराइटर पर ठीक-ठीक टाइप करता हूँ। अगर पहली बार में ही मुझे टाइपराइटर पर टाइप करना पड़ता तो लेखन में उतना मजा नहीं आता। मैं अपने साथ नोटबुक और पैड लेकर चलता हूँ। यह लेख भी मैं परी टिब्बा के सामने स्थित अपनी छोटी सी कॉटेज की सीढ़ियों पर बैठकर लिख रहा हूँ। यहाँ बैठने का एक कारण यह भी है कि इस इलाके में एक नया डाकिया आया है, जो इसी रास्ते से होकर गुजरता है। मैं उससे मिलना चाहता हूँ।

किसी स्वतंत्र लेखक के लिए डाकिया भी उतना ही महत्त्वपूर्ण है जितना कि प्रकाशक। मैं यहाँ वैसे भी बैठ सकता था; लेकिन चूँकि मेरे हाथ में पेंसिल और कागज है, इसलिए उसके आने तक मैं यहाँ बैठकर लिखता रहूँगा और हो सकता है कि उसके आकर चले जाने के बाद भी लिखता रहूँ। यहाँ इन सीढ़ियों पर तो वर्ड प्रोसेसर लगाया नहीं जा सकता।

मेरे कुछ पसंदीदा स्थान हैं, जहाँ बैठकर लिखना मुझे अच्छा लगता है। एक तो अखरोट के पेड़ के नीचे जो कॉटेज के ऊपर ढाल पर है। वर्ड प्रोसेसर को पहाड़ी ढाल जैसी जगहों को ध्यान में रखकर तैयार नहीं किया गया है। लेकिन पेंसिल और पेपर है तो मैं यहाँ घास के ऊपर लेटकर लिख सकता हूँ। पिछले महीने की बात है, एक दिन मैं लिखने के लिए टाइपराइटर उठाकर बगीचे में ले गया जहाँ उसके बटनों के नीचे कोई तिनका जाकर फँस गया, जिसे मैं अब तक नहीं निकाल पाया; और रोलर पर देवदार के पेड़ों से पराग कण जैसा कुछ गिर जाने से उस पर पीला धब्बा ही पड़ गया।

मेरे दोस्त मुझे वर्ड प्रोसेसर की खूबियाँ बताते नहीं थकते; लेकिन वे नहीं जानते कि मेरे पास ऐसी चीज है जिसे लेकर मैं बिस्तर पर भी अपना लेखन का काम कर सकता हूँ, खासकर सर्दियों की रात में, जब कॉटेज को गरम रख पाना असंभव हो जाता है।

बाहर ठंडी हवा चल रही होती है और हिमपात हो रहा होता है, इधर मैं रजाई के अंदर दुबक जाता हूँ और राइटिंग पैड तथा पैन तैयार होता है। अगले दिन जब मौसम साफ होता है, धूप खिली होती है तो वही पैड और पेन लेकर मैं घूमने निकल जाता हूँ, ताकि रास्ते में किसी घटना, बातचीत या अपने स्वयं के मनोभाव या विचारों को तुरंत लिख सकूँ।

जब मैं 18वीं और 19वीं सदी के महान् लेखकों के बारे में सोचता हूँ, जो पंख की कलम से लिखा करते थे और महीने में हजारों पेज भर डालते थे तो मुझे आश्चर्य होता है कि उनकी लिखावट आजकल के डॉक्टरों की लिखावट की तरह क्यों नहीं हो गई। दरसअल, वे जानते थे कि वे जो कुछ लिख रहे हैं वह कम-से- कम टाइपसेटर के पढ़ने में तो आना ही चाहिए।

डिकेंस और ठाकरे—दोनों की शैली सुंदर व स्पष्ट थी। ठाकरे तो एक कुशल कलाकार भी थे। समरसेट मॉम की लिखावट शुद्ध और साफ थी। इसी तरह चर्चिल की लिखावट भी कभी गंदी या अस्पष्ट नहीं हुई, चाहे वह कितना भी घसीटकर लिखते थे। अब्राहम लिंकन की लिखावट मुझे अच्छी लगती है। उनकी लिखावट में उनका व्यक्तित्व झलकता था। एक और महापुरुष महात्मा गांधी, जो एक सिरफिरे की गोली का शिकार हो गए, उनकी लिखावट और सोच दोनों ही लिंकन की लिखावट और सोच से कई मामलों में मिलती-जुलती थी। ऐसा नहीं है कि सबकी लिखावट अच्छी ही थी। किंग हेनरी अष्टम की लिखावट बहुत गंदी थी; लेकिन तब तक उनका व्यक्तित्व बहुत परिष्कृत नहीं था। गाय फॉक्स (Guy Fawkes) जिसने ब्रिटिश संसद् को उड़ाने की कोशिश की थी, का हाथ लिखते समय हिलता था। ऐसे में उनकी असफलता से कोई हैरानी नहीं होती। हिटलर का हस्ताक्षर बहुत गंदा था, जैसा आप स्वयं अनुमान लगा सकते हैं। नेपोलियन की लिखावट इतनी प्रवाहमयी थी कि लगता था, उसका कोई अंत नहीं है—बिलकुल नेपोलियन के व्यक्तित्व की तरह।

मुझे लगता है, मेरे पिताजी ठीक ही कहते थे कि व्यक्ति की लिखावट से अकसर उसके चरित्र या व्यक्तित्व का पता चलता है। बड़े और सुडौल अक्षरों में लिखनेवाला व्यक्ति अकसर स्वतंत्र और खुली सोच का होता है। फ्लोरेंस नाइटेंगल की लिखावट बहुत सुंदर थी, बिलकुल उनके व्यक्तित्व की तरह ही। इसी तरह कई अन्य लोगों के उदाहरण भी हैं।

3. शब्द और तसवीरें

जब मैं छोटा था, उन दिनों जब तक मेरा क्रिसमस के स्टॉकिंग (एक प्रकार के मोजे) मेरे पसंदीदा कॉमिक पत्रों से भर नहीं जाते थे तब तक मेरा क्रिसमस का त्योहार अधूरा रहता था। आज अगर मेरे दोस्त शिकायत करते हैं कि तुम बहुत ज्यादा पढ़ते हो, इसका कारण ये कॉमिक ही रहे हैं; क्योंकि पढ़ने की आदत मुझे इन्हीं से पड़ी है।

मुझे लगता है कि कॉमिक्स की ओर मेरा झुकाव पाँच वर्ष की आयु में उस समय हुआ, जब मैंने 'द स्टेट्समैन' में बच्चों के लिए छपे एक कॉमिक स्तंभ पढ़ा। 1930 के दशक के उत्तरार्ध में बेनजी—जिनका शीर्षक बाद में बेनजी लीग के बैज में आया—का अपना एक स्तंभ था। उनके रोमांचकारी लेखन के बारे में मुझे अच्छी तरह तो याद नहीं, लेकिन हर रोज (या सप्ताह में एक बार) मैं बेनजी के स्तंभवाली सामग्री काटकर एक स्क्रैप बुक में लगा लिया करता था। दो साल बाद बेनजी की साहसिक कहानियों से भरी यह स्क्रैप बुक मैं अपने साथ बोर्डिंग स्कूल भी ले गया, जहाँ यह कई लोगों के हाथों में गई और अंत में कहाँ रह गई, पता नहीं।

ऐसा नहीं है कि मेरे क्रिसमस स्टॉकिंग में सिर्फ कॉमिक्स ही होते थे। आठ वर्ष का होते-होते मैं 'पीटर पैन', 'एलाइस' और 'मि. मिडशिपमैन ईजी' की अधिकांश कहानी पढ़ चुका था। लेकिन साथ ही चित्र आधारित हजारों कॉमिक पत्र भी पढ़ डाले थे, ''खराब तसवीरों वाली सोने की चमकवाली कुछ छोटी पुस्तकें,'' जैसा ली हंट (Leigh Hunt) ने अपने समय के बाल-पत्रों के बारे में लिखा है।

परंतु ज्यादातर चित्र आधारित होने के बावजूद उन दिनों के कॉमिक्स में पाठ्य-सामग्री भी ठीक-ठाक होती थी। 'होस्ट्स्पर', 'विजार्ड', 'मैगनेट' (द्वितीय विश्व युद्ध का एक पीड़ित) और 'चैंपियन' में कुछ लोकप्रिय पात्रों की कहानियाँ थीं। अपनी पढ़ाई के शुरुआती दिनों से पढ़ता आ रहा रॉकफिस्ट रॉगन, रॉयल एयरफोर्स (R.A.F.), जिसने बॉक्सिंग और बॉम्बिग का अनोखा संयोग दिखाया तथा फायरवर्क्स फ्लिन (एक फुटबॉल खिलाड़ी, जो हमेशा खेल के अंतिम दो मिनट में जीम देनेवाला गोल करता था।) की कहानी थी।

बिली बंटर तो साहित्यिक एवं सामाजिक इतिहासकारों के लिए एक उदाहरण बन गए हैं। अभी हाल में 'द टाइम्स लिटरेरी सप्लीमेंट' ने दो पृष्ठों

में बंटर की कहानियों का एक विश्लेषण छापा था। जाने-माने डॉक्टर और वकील आज भी बड़े शौक से मैगनेट के प्रथम संस्करण का विशेषांक खरीद रहे हैं, जो हाल में एक प्रतिकृति के रूप में प्रकाशित हुई है। बंटर एक लोकनायक बन गए हैं। उन्हें रंगमंच पर, सिनेमा के परदे पर और टेलीविजन पर देखा जा सकता है, यहाँ तक कि हाउस ऑफ कॉमंस में उनका उद्धरण भी दिया जाता है।

इससे मुझे हिम्मत व प्रेरणा मिलती है। मुझे एक ही दुःख है कि मैं अपने उन शुरुआती दिनों के कॉमिक्स को सँभालकर नहीं रख पाया—पुस्तक-संग्रह के शौक के लिए नहीं, बल्कि उन दिनों की कला व साहित्य के प्रति अपने भावनात्मक जुड़ाव के लिए।

बाल-साहित्य के प्रकाशन में वर्ष 1774 में जो पहला प्रयास किया गया, वह एक तरह का कॉमिक ही था। उस वर्ष जॉन न्यूबेरी ने लिखा—

संसदीय अधिनियम के अनुसार : लिटिल मास्टर टॉमी और सुंदर मिस पोली को सीख देने व उनका मनोरंजन करने के उद्देश्य से तैयार एक छोटी सी सुंदर पॉकेट बुक, साथ में जैक द जाएंट-किलर का एक दिलचस्प पत्र···

इस पुस्तक में तसवीरें थीं, कविताएँ थीं और गेम थे। न्यूबेरी के पात्रों और काल्पनिक लेखकों में शामिल थे—वॉगलॉग द जाएंट, टॉमी ट्रिप, गाइल्स जिंजरब्रेड, नर्स ट्रूलव, पेरेग्राइन पजलब्रेंस, प्राइमरोज प्रीटीफेस और कई अन्य जो वर्तमान सदी के कॉमिक्स के जाने-माने नाम हैं।

'आकर्षक मुफ्त ऑफर' को शुरू करने का श्रेय भी न्यूबेरी को जाता है, जो अमेरिकी कॉमिक्स का एक हिस्सा बन गया है। वर्ष 1755 के आरंभ में उन्होंने लिखा था—

नर्स ट्रूलव का नव वर्ष का उपहार या बच्चों के लिए पुस्तकों की पुस्तक, जो हर उस छोटे लड़के के लिए तैयार की गई है, जो आगे चलकर महान् बनेगा और एक सुंदर से घोड़े पर सवार होगा; और हर उस छोटी लड़की के लिए, जो आगे चलकर एक महान् महिला बनेगी और लॉर्ड मेयर के सुंदर कोच पर सवार होगी। लेखक ने सेंट पॉल चर्चयार्ड में सभी बच्चों को उपहार-स्वरूप देने के लिए ये पुस्तकें छपवाई हैं, जिनकी कीमत के रूप में सिर्फ बाइंडिंग का खर्च रखा गया है, जो मात्र दो पेंस प्रति पुस्तक (पैसा)है।

आजकल के कई कॉमिक्स की सामग्री कई टेलीविजन धारावाहिकों की

तरह हिंसा से भरी है। बारह वर्ष की आयु से पहले मैं अमेरिकी कॉमिक्स से परिचित नहीं था। और उसके बाद मैं उनके आकर्षण में न फँस पाया। सुपरमैन, बुलेटमैन, बैटमैन और ग्रीन लैंटर्न तथा अन्य सभी सुपर हीरो ने मुझे मायूस किया। उस समय तक मैं यथार्थ परक पुस्तकों की दुनिया में प्रवेश कर चुका था, लेकिन कॉमिक्स के लिए मेरी कमजोरी बनी रही। क्रिसमस स्टॉकिंग्स में अब मुझे तो कॉमिक्स नहीं मिलते, लेकिन गौतम और सिद्धार्थ के स्टॉकिंग्स में मैं कुछ कॉमिक्स जरूर रखता हूँ; और कहने की आवश्यकता नहीं कि स्टॉकिंग्स में रखने से पहले उन्हें मैं स्वयं पढ़ लेता हूँ।

□

13

झुकना पड़ता है

आग जलाने के लिए
झुकना पड़ता है।
टायर बदलने के लिए
(गाड़ी से) उतरना पड़ता है।
फूल चुनने के लिए
झुकना पड़ता है;
बच्चे को उठाने के लिए
झुकना पड़ता है;
बड़ों के पाँव छूने के लिए
झुकना पड़ता है।
प्रार्थना में, खेल में, सब जगह
किसी-न-किसी रूप में झुकना पड़ता है।

□

14

कई नदियों का गीत

1. इंद्र का ठहाका

जब मैं लैंडूर की ऊँचाइयों से नीचे उनकी गहरी घाटी की ओर देखता हूँ तो अस्त होते सूर्य की लालिमा में सुसवा नदी की चाँदी जैसा सफेद जल खेतों और जंगलों से होता हुआ गंगा में मिलता दिखाई देता है।

सुसवा नदी के बारे में मैं बचपन से ही जानता हूँ, लेकिन इसमें डुबकी लगाए या इसके किनारे लगे छायादार पेड़ों की छाया में बैठे मुझे कई वर्ष हो गए। अब मैं अपने कमरे की खिड़की से इसे देखता हूँ, जो धुंध में एक सपने की तरह लगती है। इसे देखते हुए मैं मन-ही-मन सोचता हूँ कि नदी के किनारे मैं फिर जाऊँगा और इसके स्वच्छ जल को स्पर्श करूँगा तथा इसके किनारे-किनारे फैले गोल-गोल पत्थरों को पैरों से स्पर्श करने का आनंद प्राप्त करूँगा।

सुसवा एक छोटी-सी नदी है, जो प्राचीन शिवालिक से निकलकर घाटी में बहती हुई सोंग नदी के साथ हरिद्वार के ऊपर जाकर गंगा में मिल जाती है। बारिश के दिनों में इसमें पानी ज्यादा होता है, लेकिन बाकी दिनों में मैं इसे आसानी से पार कर लेता था, क्योंकि उन दिनों में इसमें पानी कमर के ऊपर नहीं होता।

सुसवा नदी और उसकी उत्पत्ति से जुड़ी एक दिलचस्प कहानी है। इस पौराणिक कहानी के अनुसार कश्यप ऋषि ने एक बार एक बड़ा आयोजन किया, जिसमें सभी देवताओं को आमंत्रित किया गया। वर्षा के देवता इंद्र जब आयोजन में शामिल होने के लिए जा रहे थे तो रास्ते में उन्हें 60,000 बालखिल्य ब्राह्मण मिले, जो गाय के खुर से जमीन पर बने एक गड्ढे को पार करने की कोशिश कर रहे थे—जिसमें पानी भरा हुआ था। लेकिन वे उसे पार नहीं कर पा रहे थे; गाय का खुर उन्हें एक बड़ी झील जैसा लग रहा था।

इंद्र अपनी हँसी को रोक नहीं पाए और उनका ठहाका पहाड़ियों में गूँज उठा। ब्राह्मणों को गुस्सा आ गया और उन्होंने इसका बदला लेने की ठान ली। वे इंद्र को

पदच्युत करके उसके स्थान पर दूसरा इंद्र तैयार करना चाहते थे। इसके लिए उन्होंने घोर तपस्या की। उनके शरीर से निकले पसीने से सुसवा नदी बह निकली।

ब्राह्मणों की तपस्या के प्रभाव से भयभीत इंद्र सहायता के लिए ब्रह्मा के पास पहुँचे। ब्रह्माजी ने ब्राह्मणों को मनाया और इस प्रकार इंद्र पदच्युत होने से बच गए।

सुसवा के किनारे मैंने कोई गंधर्व या परी तो नहीं देखी, लेकिन नदी के किनारे पानी पीने के लिए आते हिरण, चीतल जरूर देखे, जो अभी भी वहाँ काफी संख्या में है।

2. नर्तकी का अभिशाप

दून के उस पार, सुदूर पश्चिम में पर्वतों से निकलकर यमुना नदी बहती है, जो हिमाचल और उत्तरांचल राज्यों के बीच एक सीमा बनाती है। आजकल नदी पर एक पुल बन गया है; लेकिन कई वर्ष पहले जब पहली बार मैं उस पार गया था तो एक छोटी सी केबल कार से नदी पार की थी।

बारिश के दिनों में जब नदी उफान पर होती थी तो नदी को पार करने का यही एकमात्र साधन हुआ करती थी। उसके बाद बस से यात्रा करनी पड़ती थी। 60 मील की दूरी 6 घंटे में तय होती थी। तब जाकर कहीं आप नाहन पहुँचते, जो समुद्र तल से कोई 3,000 फीट की ऊँचाई पर स्थित है। यह सुंदर प्राचीन कस्बा शिवालिक को हिमालय की निचली पहाड़ियों से जोड़ता है। दगशाई और शिमला से सड़क मार्ग नाहन तक जाता है। वहाँ जिधर भी देखिए, आपको सुंदर दृश्य दिखाई देंगे। दक्षिण में सहारनपुर और अंबाला के मैदानों का सुंदर दृश्य दिखाई देता है। नीचे कादिर घाटी में मार्कंड नदी बहती है।

नाहन की मुख्य सड़क सँकरी और वक्राकार है, लेकिन पक्की है। कस्बे के बाईं ओर पूर्व राजा का महल है। नाहन कभी सिरमुर राज्य की राजधानी हुआ करता था, जो वर्तमान में हिमाचल प्रदेश का हिस्सा है। महल का मूल ढाँचा तो कोई तीन या चाल साल पहले बनाया गया था, लेकिन समय-समय पर उसमें नए-नए भवन बनाए जाते रहे और इस प्रकार अब वह भवनों का एक विशाल समूह बन गया है, जिनमें से ज्यादातर वेनेटियन शैली में बने हैं।

मेरे खयाल से नाहन में एक हिल स्टेशन बन सकता है, हालाँकि गरमियों में यह काफी गरम हो सकता है। लेकिन दो सौ साल से कम पुराने हिल स्टेशनों के विपरीत नाहन के पीछे एक ऐतिहासिक व पौराणिक कहानी है।

सिरमूर की पुरानी राजधानी कोई सात या आठ सौ साल पहले एक भूकंप में

नष्ट हो गई थी। यह वर्तमान नाहन से 24 मील दूर गिरि के पश्चिमी किनारे पर स्थित थी, जहाँ नदी एक झील का रूप ले लेती है। प्राचीन राजधानी पूरी तरह से नष्ट हो गई थी, इस कारण तत्कालीन शासक वंश के बारे में कोई अभिलेख नहीं मिलता। प्राचीन नगर का अगर कुछ शेष है तो वह है एक मंदिर का ध्वंसावशेष और पत्थर की कुछ टूटी हुई मूर्तियाँ।

इस आपदा के पीछे जो कहानी प्रचलित है, उसके अनुसार एक बार एक नर्तकी सिरमूर में आई और उसने शानदार नृत्य प्रस्तुत किया। राजा ने उस नर्तकी से कहा कि अगर वह एक रस्सी के सहारे गिरि के ऊपर से सफलतापूर्वक चल लेगी तो वह उसे अपना आधा राज्य दे देगा।

नर्तकी ने चुनौती स्वीकार कर ली और गिरि नदी के ऊपर एक रस्सी आर-पार लगा दी गई। लेकिन रस्सी पर चलना शुरू करने से पहले नर्तकी ने कहा कि अगर राजा उसके साथ कोई धोखा करता है तो उसका नगर नष्ट हो जाएगा।

नर्तकी अपना करतब पूरा करने ही वाली थी कि राजा के सिपाहियों ने रस्सी काट दी और वह नदी में गिरकर डूब गई। नर्तकी के शाप के प्रभाव से नगर का सर्वनाश हो गया।

सिरमूर के दूसरे शासक वंश के संस्थापक राजस्थान के जैसलमेरी परिवार से थे। वह अपनी पत्नी के साथ हरिद्वार की तीर्थयात्रा पर आए थे। यहाँ उन्होंने राज्य के सर्वनाश के बारे में सुना। वह तुरंत सिरमूर पहुँचे और वहाँ जैसलमेर राज स्थापित कर दिया। कोई 700 वर्ष पूर्व शुरू हुआ प्रथम राजपूत शासन पिता से पुत्र तक लगातार चलता रहा। काफी विचार-विमर्श के बाद नाहन को राज्य की राजधानी बनाया गया।

सन् 1803 में गुरखों ने राज्य पर कब्जा कर लिया, लेकिन उसके बारह वर्ष बाद उन्हें अंग्रेजों के साथ एक घमासान लड़ाई का सामना करना पड़ा, जिसमें अंग्रेजों ने गुरखों को खदेड़ दिया। इसका प्रमाण वहाँ स्थित अंग्रेजों के एक छोटे से कब्रिस्तान से मिलता है। जौनसार बावर क्षेत्र को छोड़कर शेष राज्य राजा को वापस मिल गया।

नाहन के उत्तर में 6-7 मील की दूरी पर जैतक पर्वत स्थित है, जहाँ गुरखों ने अपना आखिरी पड़ाव डाला था। यह स्थान देखने लायक है—सिर्फ इसलिए नहीं कि यहाँ गुरखा किले के ध्वंसावशेष हैं, बल्कि इसलिए भी कि पर्वत की चोटियों के सुदूर उत्तरी छोर से हिमालय का दक्षिणी भाग पूरा-पूरा दिखाई देता है। पश्चिम से उत्तर तक मसूरी की पहाड़ियों से घिरे जौनसार बावर का सौंदर्य दिखाई देता है।

पहाड़ियों के किनारे-किनारे बसे छोटे-छोटे गाँव और खेत बहुत सुंदर लगते हैं। पूर्व में गढ़वाल व देहरादून हैं और नीचे की ओर जाने पर पश्चिमी शिवालिक से होकर बहती यमुना नदी दिखाई देती है।

3. धीरे-धीरे गंगा बहती है

शांत व धीरे-धीरे बहती भागीरथी नदी (अलकनंदा) की अपेक्षा अधिक सुंदर और सौम्य लगती है। श्रद्धालु इसे श्रद्धा की दृष्टि से देखते हैं। भगवान् शिव ने अपनी जटा से गंगा को प्रवाहित किया था और देवी गंगा राजा भगीरथ के राज्य के मैदानों में तेजी से बह निकली थी।

अपनी जटा में रोका था
शिवजी ने गंगा को,
और गंगा जटा से निकलकर
हिमालय के घने जंगलों में बह निकली।

हिंदू गंगा को अत्यंत प्रेम व श्रद्धा की दृष्टि से देखते हैं। उसमें नहानेवाले के पाप धुल जाते हैं।

कुछ लोगों का मानना है कि वास्तविक गंगा अलकनंदा है। भौगोलिक दृष्टि से देखा जाए तो ऐसा हो भी सकता है। लेकिन पौराणिक कथा के अनुसार भागीरथी ही वास्तविक गंगा है। वैसे देवप्रयाग में दोनों नदियाँ मिल जाती हैं और इस प्रकार दोनों का संगम इस मसले को हल कर देता है।

नदी के उद्गम-स्थल पर पहुँचकर हमें लगता है जैसे यही सबका केंद्र और हृदय-स्थल है। इन पर्वतों और खासकर घाटी के साथ अपनेपन का भाव लगता है। मेरे और यहाँ रहे अन्य लोगों के लिए भी गढ़वाल की चारों नदी घाटियों में भागीरथी सबसे सुंदर है।

भागीरथी नदी में देखने के लिए सबकुछ है—शांत धारा, घने जंगल, चोटियों तक बिखरे खेतों की सुंदरता और हिमानियाँ। टिहरी में बना विशाल बाँध राजा भगीरथ के रथ की गति को धीमा कर देता है। लेकिन ऊपर की ओर भटवारी से लेकर हर्सिल तक चीड़ के जंगल फैले हुए हैं। उसके बाद साइप्रस, ओक और अखरोट के पेड़ हैं। 9,000 फीट की ऊँचाई पर ज्यादातर देवदार के पेड़ मिलते हैं। गंगोत्री के ऊपर कुछ दूर तक देवदार के पेड़ दिखाई देते हैं, उसके बाद भोज के वृक्ष हिमानी में आधा मील के क्षेत्र में दिखाई देते हैं।

1850 के दशक में साहसिक फ्रेडरिक 'पहाड़ी' विल्सन को आकर्षित

करनेवाली देवदार की कीमती लकड़ी ही थी। उसने टिहरी के राजा से देवदार के जंगलों को पट्टे पर ले लिया और कुछ ही वर्षों में उसकी किस्मत चमक गई। हर्सिल में स्थित अपने घर और डिपो से वह देवदार के लट्ठों को टिहरी तक लाता था, जहाँ उन्हें चीरकर शहरों को भेजा जाता था।

पुल-निर्माण विल्सन का दूसरा साहसिक प्रयास था। उसके द्वारा बनाए गए पुलों में सबसे प्रसिद्ध था भैरोंघाट का 350 फीट का झुलवाँ पुल, जो भागीरथी से 1,200 फीट की ऊँचाई पर स्थित है। टेढ़ा-मेढ़ा बना यह पुल शुरू में तो यात्रियों के लिए भय का कारण बना हुआ था, कम ही यात्री इसके पार जाने का साहस कर पाते थे। लोगों को आश्वस्त करने के लिए विल्सन स्वयं घोड़े पर सवार होकर पुल पर इधर से उधर जाकर दिखाता था। पुल तो अब ढह गया है, लेकिन स्थानीय लोग बताते हैं कि विल्सन के घोड़ों की टाप वहाँ पूर्णिमा की रात को अब भी सुनाई देती है। इस पुराने पुल को बड़े-बड़े देवदार के तनों पर टिकाया गया था और अब उत्तर रेलवे के इंजीनियरों द्वारा बनाए गए सड़क सेतु में भी एक ओर उन्हें देखा जा सकता है।

विल्सन ने हर्सिल के ऊपर कुछ मील की दूरी पर स्थित गाँव मुकभा के एक ड्रम बजानेवाले की बेटी गुलाबी से शादी कर ली थी। उसने देहरादून और मसूरी में अचल संपत्ति बना ली और उसके साथ रहते हुए उसकी पत्नी ने तीन बेटों को जन्म दिया। दो तो बचपन में ही मर गए, तीसरा अपने पिता पर गया था। उसका नाम चार्ली विल्सन था। उसकी कब्र देहरादून के पुराने कब्रिस्तान में मेरे पिता की कब्र की बगल में स्थित है। गुलाबी को मसूरी में उसके पति के बगल में दफनाया गया है। उसके लिए मैंने ये पंक्तियाँ लिखी थीं—

सुंदरता में उसका नाम था,
लेकिन अब
उसकी कब्र के पास उगा
वह वनैला गुलाब है,
अकेला,
जो उसका नाम सुनने के लिए उसके पास है।

चार्ली की विधवा पत्नी श्रीमती विल्सन के दिनों में मैं कम उम्र का एक लड़का था और देहरा में रहता था। वह हमारे बगल में रहती थीं। उनका भतीजा ज्योफ्री डेविस मेरे साथ ही स्कूल जाता था, जो शिमला में था। बाद में वह भारतीय वायुसेना में भरती हो गया। लेकिन किस्मत ने विल्सन की पीढ़ियों का साथ नहीं

दिया और एक विमान दुर्घटना में ज्योफ्री की मौत हो गई।

☐

पुराने दिनों में, जब सीमावर्ती राज्यों को जानेवाले परिवहन योग्य सड़क मार्ग नहीं थे, तब बहुत साहसी तीर्थयात्री ही गंगोत्री या अन्य स्थानों पर जाते थे। पैदल मार्ग कँकरीले-पथरीले और खतरनाक थे, जो गहरी घाटियों में कभी ऊपर तो कभी नीचे से होकर गुजरते थे; कभी-कभी तो वे ऐसी जगह से होकर गुजरते थे, जहाँ भू-स्खलन का खतरा बराबर बना रहता था। उत्तरकाशी के ऊपर कोई बड़ा कस्बा नहीं है, शायद यही कारण है कि उसके आसपास के जंगल निचले इलाकों के जंगलों की अपेक्षा अभी सुरक्षित बने हैं।

उत्तरकाशी आकार में एक ठीक-ठाक शहर है; लेकिन यह दो ढालू पहाड़ियों के बीच में स्थित होने के कारण यह एक बंद-सा इलाका लगता है। पंद्रह वर्ष पूर्व यहाँ आए एक बड़े भूकंप में सबकुछ नष्ट हो गया था और हाल के वर्षों में यहाँ लोगों को बार-बार भू-स्खलन का कहर झेलना पड़ता रहा है। कुल मिलाकर यहाँ की स्थिति अच्छी नहीं है।

गंगोत्री इसकी अपेक्षा काफी सुरक्षित है, जो 10,300 फीट की ऊँचाई पर स्थित है। नदी के दक्षिणी किनारे पर मुख्य मंदिर स्थित है, जो एक छोटा सा साधारण साफ-सुथरा स्थान है। इसका निर्माण 1800 के दशक के आरंभ में नेपाली जनरल अमरसिंह थापा ने करवाया था। सन् 1920 में जयपुर के महाराणा ने इसका नवीनीकरण करवाया था। जिस चट्टान के ऊपर यह मंदिर खड़ा है, उसे 'भगीरथ शिला' कहा जाता है और माना जाता है कि राजा भगीरथ ने गंगा को पृथ्वी पर लाने के लिए यहीं खड़े होकर तपस्या की थी। पानी और बर्फ के प्रभाव से यहाँ की चट्टानें सुडौल और साफ दिखाई देती हैं। कहीं-कहीं तो वे रेशम की तरह चमकती दिखाई देती हैं। इस पर्वत से निकलकर बहनेवाली नदी का पानी इलाहाबाद में यमुना से मिलनेवाली नदी से काफी भिन्न लगता है।

गंगा एक बड़ी हिमानी के नीचे से निकलती है, जो विशाल चट्टानों से सजी-सी प्रतीत होती है। इस हिमानी की चौड़ाई लगभग एक मील है और ऊपर की ओर यह कई मील तक उठती है। जिस खंदक से नदी आगे की ओर बढ़ती है, उसे 'गोमुख' कहा जाता है, जिसका अर्थ होता है—गाय का मुख। हिंदू श्रद्धालु उसे अत्यंत श्रद्धा की दृष्टि से देखते हैं।

गंगोत्री में गंगा की चौड़ाई 30-40 गज तक हो जाती है। गौरी कुंड में मंदिर के नीचे यह ऊँची चट्टान पर गिरती है और छोटे-छोटे जल-प्रपातों की शृंखला पर

बहती हुई भैरोंघाट की सँकरी घाटी में प्रवेश करती है।

□

नदी के किनारे रात बिताना बहुत भयानक लगता है। कुछ देर बाद ही धड़ाम-धड़ाम गिरने की-सी आवाज आने लगती है, जो सोते-जागते सुनाई देती है।

सुबह जल्दी उठने का कोई फायदा नहीं था, क्योंकि आसपास की ऊँची-ऊँची चोटियों के कारण नौ बजे से पहले सूर्य दिखाई ही नहीं देता था। गुलाबी ठंड और थोड़ी गरमाहट पाने के लिए लोग निकल पड़ते थे। यह गुलाबी ठंड गालों को गुलाबी कर देती थी। मुझे तो गुलाबी धूप ज्यादा अच्छी लगती है, इसलिए जब तक सूर्य पहाड़ों के ऊपर से अपनी किरणें नहीं बिखेर देता था, तब तक मैं रजाई के नीचे ही दुबका रहता था।

अक्तूबर महीने का मध्य चल रहा है। दीवाली के बाद धर्मस्थल सर्दियों तक के लिए बंद हो जाएगा तथा पंडित वापस मुकभा चले जाएँगे। चारों ओर बर्फ जम जाएगी और बैंगनी पंखोंवाली गानेवाली चिड़िया—जो घनी छाया पसंद करती है—निचली घाटी में चली जाएगी। जंगल के इलाके के नीचे गढ़वाली किसान नदी की हरियाली के ऊपर अपनी फसलें काटने में लग जाएँगे।

जी हाँ, भागीरथी एक हरी नदी है। गहरी और तीव्र होते हुए भी उसमें सौम्यता है। अलकनंदा की तरह यह असंतुलित होकर कभी नहीं बहती। भागीरथी बहुत शांत होकर अपने रास्ते में बहती रहती है और इस प्रकार यह अपने श्रद्धालुओं को भी शांति प्रदान करती है। इसे कहीं भी देखिए, यह हमेशा शांत और संतुलित होकर ही प्रवाहित होती दिखाई देगी।

4. मंदाकिनी के प्रति मेरा प्रेम

दो बड़ी नदियाँ जहाँ एक-दूसरे से मिलती हैं, वह क्षण मेरे लिए खास होता है। रुद्रप्रयाग में दो नदियों—मंदाकिनी और अलकनंदा के संगम को देखकर मुझे वैसी ही खास अनुभूति होती थी—एक नदी केदारनाथ के ऊपर बर्फीली हिमानी से निकलकर आती है और दूसरी बद्रीनाथ से परे हिमालय की ऊँचाइयों से निकलती है। दोनों पवित्र नदियाँ मिलकर आगे चलकर पवित्र-पावनी गंगा का रूप लेती हैं।

पहली बार ही मंदाकिनी को देखकर मैं मुग्ध हो गया था, या कहीं यह उसकी घाटी का आकर्षण तो नहीं था। मैं यह नहीं जानता। लेकिन इससे कोई फर्क नहीं पड़ता, क्योंकि घाटी ही नदी है।

अलकनंदा—खासकर ऊँचे स्थानों पर गहरी और सँकरी है, जहाँ उभरी हुई चट्टानें यात्रियों के सिर के ऊपर लटकती-सी प्रतीत होती हैं। दूसरी ओर मंदाकिनी चौड़ी और सौम्य है। इसके किनारे-किनारे बने खेत भी विस्तृत हैं और कई स्थानों पर इसका किनारा हटा दिखाई देता है। अलकनंदा में अचानक आनेवाली बाढ़ अकसर लोगों के लिए भय का कारण बनी रहती है। लेकिन मंदाकिनी के साथ ऐसा नहीं है।

रुद्रप्रयाग का इलाका गरम है। सर्दियों में यहाँ बहुत अच्छा लगता है, लेकिन जून के अंत में यहाँ गरमी होती है। इसकी प्रसिद्धि का कारण संभवतः यही है कि यहाँ रुद्रप्रयाग का नरभक्षी तेंदुआ रहता था, जिसने सात साल में (1918-25) 300 से ज्यादा लोगों को अपना शिकार बनाया था। अंत में जिम कॉर्बेट ने उसे मार डाला। उसके बारे में उन्होंने अपनी रोचक पुस्तक 'द मैन-ईटिंग लियोपार्ड ऑफ रुद्रप्रयाग' में लिखा है।

जिस गाँव में वह तेंदुआ मारा गया था, वह गुलाबराय गाँव का था, जो रुद्रप्रयाग से दो मील दक्षिण में स्थित है। सीमा सड़क संगठन के अधिकारियों और कर्मचारियों ने वहाँ आम के एक पेड़ के नीचे जिम कॉर्बेट का एक स्मारक बनवाया। गढ़वाल और भारत से प्रेम करनेवाले किसी भी व्यक्ति के लिए यह एक हृदय-स्पर्शी बात है। परंतु दुर्भाग्य की बात है कि बगल में ही भैंसें बाँधी जाती हैं और स्मारक तक पहुँचने के लिए लोगों को गोबर आदि गंदगी से निकलना पड़ता है। आम के पेड़ से एक बोर्ड टँगा हुआ है, जो आते-जाते वाहन-चालकों का ध्यान स्मारक की ओर आकर्षित करता है।

खूनी तेंदुआ आदमियों पर सीधे हमला करने के लिए कुख्यात था। उसे कई बार जहर दिया गया, पिंजड़े में कैद किया गया, अनेको बार गोली मारी गई; लेकिन उसे आदमियों का शिकार करने से रोका नहीं जा सका। दो अंग्रेज खिलाड़ियों ने अलकनंदा पर बने सस्पेंशन पुल को दोनों ओर से घेर लिया और कई फायर किए, लेकिन उसका भी कोई असर नहीं हुआ।

पहाड़ी लोगों ने उसे दुष्टात्मा के रूप में देखना शुरू कर दिया। एक साधु पर संदेह किया जाने लगा कि वह रात में तेंदुआ बन जाता है। गढ़वाल के तत्कालीन डिप्टी कमिश्नर फिलिप मैसन की सज्जनता ने उसे किसी तरह लोगों के क्रोध का शिकार होने से बचाया। तेंदुए के दुबारा हमला करने तक मैसन ने उस साधु को हिरासत में रखा और इस प्रकार वह साधु निर्दोष साबित हुआ। वर्षों बाद मैसन ने फिलिप वुडरफ के छद्म नाम से एक पुस्तक लिखी—'द वाइल्ड स्वीट विच',

जिसमें उन्होंने एक जवान व खूबसूरत स्त्री का पात्र रखा, जो रात में नरभक्षी तेंदुआ बन जाया करती है।

गुलाबराय में कॉर्बेट जिसके यहाँ रहते थे, वह स्वयं तेंदुए की चपेट में आ गया था। वह बच तो गया, लेकिन तेंदुए ने उसके गले में छेद कर दिया। कॉर्बेट एक सफल कहानीकार होने के साथ-साथ एक सहृदय व्यक्ति भी थे, जो जीवन के हर क्षेत्र से जुड़े लोगों के प्रति सहानुभूति का भाव रखते थे। यही कारण है कि गढ़वाल और कुमाऊँ के लोगों—जिन्होंने उनकी पुस्तक कभी पढ़ी तक नहीं है—के बीच वे एक किंवदंती बन गए हैं।

जून के महीने में रुद्रप्रयाग की झुलसाती गरमी में कोई ज्यादा देर तक नहीं रह पाता। लेकिन मंदाकिनी घाटी की हलकी चढ़ाई से ऊपर चलते हुए बर्फीले इलाके की ओर से ठंडी हवा आने लगती है और बारिश का संकेत मिलने लगता है।

अगस्तमुनि का छोटा विकसित होता कस्बा नदी के विस्तृत किनारे पर फैला हुआ है और आगे चंद्रपुरी नामक स्थान पर पहुँचने पर हरी-हरी नरम घासें हैं, जिन पर चलने का मन करता है। वहाँ एक छोटा सा विश्राम-गृह बना है। उसके चारों ओर केले और पॉपलर के पौधे हैं, जिनके पत्ते हवा में लहराते दिखाई देते हैं।

यह मैदानी इलाके की धीमी गति से बहनेवाली नदी नहीं है, बल्कि रास्ते में बड़ी-बड़ी चट्टानों से टकराती हुई और तेजी से आगे बढ़नेवाली नदी है। इसकी गति को देखकर लगता है जैसे यह पहाड़ों से बचकर भागने के लिए आसान रास्ते की तलाश में है। हाँ, बचकर भागने के लिए; क्योंकि कई एक गढ़वाली मानते हैं कि उसकी पहाड़ी में नदियाँ भरी पड़ी हैं, लेकिन उनका थोड़ा भी पानी गाँवों या खेतों तक नहीं पहुँच पाता। खेती के लिए उन्हें बारिश पर ही निर्भर रहना पड़ता है।

नदी के किनारे-किनारे से होकर सड़क धीरे-धीरे ऊपर की ओर जाती है। गुप्तकाशी के ठीक बाहर पहुँचकर मेरा ध्यान बरबस ही प्राचीन मंदिर के चारों ओर लगे पेड़ों के झुरमुट की ओर चला जाता है। हम वहाँ रुकते हैं और पेड़ों की छाया में विश्राम करते हैं।

मंदिर सुनसान रहता है। यह भगवान् शिव का मंदिर है, जिसके प्रांगण में पत्थर के कई लिंगम् हैं, जिन पर पत्तियाँ गिरी रहती हैं। लगता है, जैसे यहाँ कभी कोई आता नहीं है। यह हैरानी की बात है, क्योंकि यह तीर्थयात्रा के रास्ते पर पड़ता है। पास के खेत से दो लड़के अपना हल-बैल छोड़कर मेरे पास आए और बातें करने लगे। उनसे मंदिर के बारे में ज्यादा कुछ जानने को नहीं मिला। हाँ, उन्होंने इस बात की पुष्टि जरूर की कि यहाँ बहुत कम लोग आते हैं। बसें यहाँ नहीं रुकतीं।

समझने के लिए इतना काफी है, क्योंकि जहाँ बसें जाती हैं, वहाँ तीर्थयात्री भी जाते हैं और जहाँ तीर्थयात्री जाना शुरू करते हैं, वहाँ उनके पीछे दूसरे तीर्थयात्री भी जाते हैं। वे पेड़ मैग्नोलिया के लगते हैं; लेकिन मैग्नोलिया के पेड़ इतने बड़े होते मैंने कहीं नहीं देखा। शायद वे कुछ और ही हैं। लेकिन कोई बात नहीं, उन्हें रहस्य ही रहने दीजिए।

शाम के समय गुप्तकाशी में खूब चहल-पहल होती है। तीर्थयात्रियों का एक कोच भरकर अभी-अभी आया है। बस स्टैंड के पास की चाय की दुकान खूब चल रही है। उसके बाद नदी के उस पार ऊखीमठ से स्थानीय बस आई और कुछ यात्री उसमें से उतरकर चाय की एक दुकान की ओर बढ़ने लगे, जो अपने समोसों के लिए विख्यात है। इस स्थानीय बस को 'भूख-हड़ताल बस' कहा जाता है।

"इसका नाम भूख-हड़ताल बस कैसे पड़ा?" समोसा खा रहे एक यात्री से मैंने पूछा।

"इसके पीछे एक दिलचस्प कहानी है। बहुत दिनों से हम अधिकारियों से कहते आ रहे थे कि सड़क मार्ग से दूर रहनेवाले ग्रामीणों के लिए एक बस सेवा उपलब्ध कराई जाए। जो बसें थीं वे या तो श्रीनगर से या फिर ऋषिकेश से आती थीं और पूरी तरह भरी होती थीं। स्थानीय यात्रियों को उनमें जगह नहीं मिलती थी। लेकिन अधिकारियों ने हमारे अनुरोध पर ध्यान नहीं दिया, इसलिए अंततः हमें भूख-हड़ताल करनी पड़ी।"

"इससे मेरा भी काम लगभग बंद हो गया था।" चाय की दुकान के मालिक ने कहा।

"दो दिनों तक किसी ने एक भी समोसा नहीं खाया।"

गुप्तकाशी में कोई सिनेमा या सार्वजनिक मनोरंजन का स्थान नहीं है। यहाँ लोग रात में जल्दी सो जाते हैं, सुबह जल्दी उठते हैं।

सुबह छह बजे के समय पहाड़ी क्षेत्र उदित होते सूर्य की रोशनी में चमकता है। बर्फ से ढका चौखंभा (7,140 मी.) चमकता है। यहाँ वातावरण साफ रहता है, धुआँ या धूल-मिट्टी नहीं होती। यहाँ की जलवायु—जैसा मुझे बताया गया—वर्ष भर सामान्य रहती है। चंपा के फूलों की खिलावट और खुशबू से यही लगता है। नदी के दूसरी ओर ऊखीमठ है, जहाँ सूर्य नौ बजे दिखाई देता है। सर्दियों में तो दोपहर के बाद यहाँ सूर्य दिखाई देता है।

बैरक की तरह के आर्कीटेक्चर से कुछ विकासशील पहाड़ी कस्बों का स्वरूप बिगड़ गया है, लेकिन गुप्तकाशी में अभी ऐसा नहीं है। पुराने दो-मंजिले भवन

पत्थरों से बने हैं, जिनकी छतें मटमैले रंग की स्लेट से बनी हैं, जो पहाड़ी के आसपास के परिवेश से खूब मेल खाती हैं। पुराने बाजार तक जानेवाली सड़कों पर बजरी बिछी है।

एक सड़क प्रसिद्ध गुप्तकाशी मंदिर तक जाती है। यहाँ भगवान् शिव की विश्वनाथ के रूप में पूजा होती है, जैसे बनारस में है। पवित्र यमुना और भागीरथी की प्रतिनिधित्व करती हुई दो धाराओं से देव-सरोवर में पानी आता है। मंदिर से ही कस्बे का नाम 'गुप्तकाशी' पड़ा—जिसका अर्थ है—'गुप्त या अदृश्य बनारस' बिलकुल उसी तरह जैसे भागीरथी पर स्थित उत्तरकाशी 'उपरि बनारस' है।

गुप्तकाशी और उसके आसपास बहुत सारे लिंगम् पाए जाते हैं। कहावत है कि जितने कंकड़ उतने शंकर। इस प्रकार ये लिंगम् उत्तरकाशी की पवित्रता का बखान करते हैं।

श्रद्धालु गुप्तकाशी से चलकर उत्तर में केदारनाथ पहुँचते हैं। यह पूरे एक दिन की पैदल यात्रा होती है। या कुछ लोग घोड़े पर सवारी करके भी यह यात्रा पूरी करते हैं। 11.753 फीट की ऊँचाई पर स्थित केदारनाथ का मंदिर हिमाच्छादित चोटियों से घिरा हुआ है। एटकिंसन ने लिखा है कि (शिव) लिंग का प्रतीक संभवतः मूल शिवालय (भगवान् शिव का घर) के आसपास की नुकीली चोटियों से बना होगा।

यह मंदिर सदाशिव का है, जिनके बारे में बताया जाता है कि 'पांडवों से बचकर भागते हुए उन्होंने भैंसे का रूप लेकर यहाँ शरण ली थी और ऊपर से अत्यधिक दबाव पड़ने पर वह नीचे धरती में समा गए, लेकिन उनका लिंग धरती के ऊपर ही रह गया। तभी से लोग उनके लिंग की पूजा करने लगे।' (एटकिंसन)

भगवान् शिव के शरीर के अन्य भागों की पूजा इस प्रकार होती है—भुजाओं की पूजा तुंगनाथ के रूप में, जो 13,000 फीट की ऊँचाई पर स्थित है; मुख की पूजा रुद्रनाथ के रूप में, जो 12,000 फीट की ऊँचाई पर स्थित है; पेट की पूजा मदमहेश्वर के रूप में, जो गुप्तकाशी के उत्तरपूर्व में 18 मील की दूरी पर स्थित है; और केश तथा सिर की पूजा जोशीमठ के निकट कल्पेश्वर के रूप में इन पाँच धर्मस्थलों को 'पंच केदार' कहा जाता है।

मंदाकिनी से हम चंद्रशिला पर्वतश्रेणी पर स्थित तुंगनाथ के दर्शन के लिए जाते हैं। लेकिन मैं इसी नदी पर वापस आऊँगा। इसने मेरे मन-मस्तिष्क को मोह लिया है।

□

15

मेरे दूर के पैविलियंस

पतझड़ आने और आयु बढ़ने पर
रेगिस्तान में उगे लाल पौधों जैसा लगता है।

जब मेरे पास खाली समय होता है तो मैं हाइकू लिखता हूँ—जैसे ऊपर लिखा है। यह हाइकू देहरादून में स्थित मेरी नानी के घर की तसवीर और स्मृतियों को ताजा कर देता है। यह 1940 के दशक की बात है। नानी का घर मैं इसलिए कह रहा हूँ, क्योंकि मेरे नाना का स्वर्गवास बहुत पहले हो गया था। तब मैं बहुत छोटा था, मुझे उनके बारे में कुछ याद भी नहीं है। लेकिन सभी लोग उनकी तारीफ करते थे। मुझे पता चला कि घर की इमारत उन्होंने स्वयं अपनी देखरेख में बनवाई थी, जिसका डिजाइन कुछ-कुछ भारतीय रेलवे के बँगले की तरह था—साफ, सघन और अनावश्यक तड़क-भड़क से दूर। पुराने समय के राजमहलों में बने बुर्जों या डोरिक स्तंभों या गाथिक मेहराबों जैसा उसमें कुछ नहीं था। लेकिन परंपरागत लाल ईंटों की जगह उन्होंने चिकने, गोल पत्थरों का इस्तेमाल किया था, जो एक स्थानीय नदी से लाए गए थे। इससे बँगला बिलकुल अलग तरह का दिखाई देता था। कुल पैंसठ वर्ष मैंने भारत में बिताए और इस दौरान अगर मुझे कहीं स्थायित्व का अहसास हुआ तो वह दादा-दादी का घर था; क्योंकि न कभी मेरे माता-पिता ने कोई अचल संपत्ति बनाई और न ही मैंने। लेकिन इतना विशाल भारत ही मेरा घर रहा।

दादाजी घर के पिछवाड़े लगे आम और लीची के बाग की देखरेख करते थे। दादीजी घर के सामने फूलों के बगीचे की देखभाल करती थीं। बगीचे में अंग्रेजी फूलों की भरमार थी—फिलॉक्स, लार्क्सपर, पेटुनियास स्वीटपीस, स्नैपड्रैगंस आदि। चमेली और पोइनसेतिया के फूल भी थे। गुलाब के फूल सहारनपुर के पास से लाए गए थे। सहारनपुर एक व्यस्त रेलवे जंक्शन और औद्योगिक कस्बा बन गया था। लेकिन वहाँ के गुलाब बहुत मशहूर थे। उत्तर भारत में यह वनस्पति सर्वेक्षण का केंद्र था। बीती सदी में कई जाने-माने वनस्पति-विज्ञानी और खोजकर्ता यहाँ से

सर्वेक्षण व खोज के लिए हिमालय क्षेत्र में गए थे।

दादाजी रेलवे से सेवानिवृत्त होकर 1905 के आसपास देहरा में आकर बस गए थे। उस समय यह छोटा पहाड़ी नगर सेवानिवृत्त होनेवाले आंग्ल-भारतीयों और यूरोपियनों के बीच काफी लोकप्रिय होता जा रहा था। बँगलों में बड़े-बड़े अहाते और बगीचे होते थे। आजादी के कुछ वर्ष बाद तक देहरा बगीचों का शहर बना रहा। फॉरेस्ट रिसर्च इंस्टीट्यूट सर्वे ऑफ इंडिया, इंडियन मिलिट्री एकेडमी और कई अच्छे-अच्छे स्कूलों के कारण यह एक खास शहर बन गया था। '50 के दशक के मध्य तक बढ़ती जनसंख्या के दबाव के चलते आवास के लिए जगह की माँग बढ़ने लगी। परिणामस्वरूप बड़े-बड़े अहातों की जगह धीरे-धीरे आवासीय भवन बनते चले गए और बाग-बगीचे गायब हो गए। अधिकांश आवासीय भवन मध्यम वर्गीय भारतीयों के थे। उनमें से कुछ लोगों ने शहर के आकर्षक स्वरूप व विशेषता को बनाए रखने की कोशिश की—फ्लावर शो, डॉग शो, स्कूली बच्चों के कार्यक्रम, क्लब, नृत्य, गार्डन पार्टी आदि आयोजन किए जाते थे। लेकिन धीरे-धीरे सब खत्म हो गया। उत्तराखंड राज्य की राजधानी बन जाने के किसी शहर या दिल्ली जैसे महान्गर की तरह ही व्यस्त और भीड़भाड़ भरा हो गया है।

मेरे पिताजी एक स्थान पर कभी रुके ही नहीं। युवावस्था में वह नीलगिरि की पहाड़ियों में स्थित लवडेल स्कूल में अध्यापक थे। उसके बाद त्रावणकोर-कोचीन (वर्तमान केरल) में एक चाय बागान में सहायक प्रबंधक के रूप में काम करने चले गए। कोलकाता की सीमा पर स्थित इच्छापुर राइफल फैक्टरी में भी उन्होंने काम किया था। मेरे जन्म के समय वह काठियावाड़ राज्य में तैनात थे और जामनगर, पिथादिया तथा जेतपुर में बच्चों के लिए स्कूल स्थापित करने के काम में लगे थे। इस प्रकार, कई तरह के स्थानों पर और कई तरह के आवासों में रहते हुए मैं बड़ा हुआ हूँ—जर्जर टपकते पुराने डाक बँगले से लेकर आलीशान गेस्ट हाउसों तक। उसके बाद द्वितीय विश्वयुद्ध के दौरान उन्हें दिल्ली में तैनाती मिल गई। हम तंबू से बने घर से निकलकर एयरफोर्स के आवास में आए, वहाँ से सिंधिया हाउस में एक फ्लैट में गए, फिर हैली रोड पर स्थित एक मकान में किराए पर रहे, अतुल ग्रोव में रहे—कहाँ-कहाँ रहे। जब उनकी तैनाती कराची और उसके बाद कलकत्ता में हुई, तब मुझे पढ़ने के लिए शिमला के बोर्डिंग स्कूल में भेजा गया था।

पिताजी कलकत्ता में पले-बढ़े थे और उनकी माँ (मेरी दादी) अब भी 14, पार्क लेन में रह रही थीं। वह अपने सभी बच्चों से ज्यादा दिनों तक जीवित रहीं और जब तक वह लगभग नब्बे वर्ष की थीं, तब तक वहीं पार्क लेन में ही रहती

रहीं। गत वर्ष जब मैं कलकत्ता गया था तो मैंने पार्क लेन का वह घर देखा; लेकिन अब उसमें कोई रहता नहीं है। घर के सामने प्रवेश द्वार पर कूड़े का ढेर पड़ा था। एक बिलबोर्ड लगा था, जिसके कारण सड़क से घर साफ-साफ नहीं दिखाई देता था।

शिमला स्थित मेरे बोर्डिंग स्कूल बिशप कॉटन्स (Bishop Cotton's) ने मुझे स्थायित्व का एक अहसास दिया, खासकर 1944 में मेरे पिताजी के स्वर्गवास के बाद। 'पूर्व का एटॉन' के नाम से विख्यात और अंग्रेजी पब्लिक स्कूल की तर्ज पर चलनेवाले बिशप कॉटन्स में निजी गोपनीयता जैसी कोई बात नहीं थी। हर किसी को पता होता था कि आपके लॉकर में क्या है। जब मैं सीनियर कक्षा में पहुँचा तो मुझे पुस्तकालय का प्रभारी बना दिया गया। खाली समय में मैं पुस्तकालय का इस्तेमाल कर सकता था, अपनी इच्छानुसार मैं उसमें जाकर पढ़-लिख सकता था। वहाँ मुझे परेशान करनेवाला कोई नहीं होता था। उन दिनों टी.वी. और कंप्यूटर का चलन नहीं था, लेकिन फिर भी किताबों की माँग ज्यादा नहीं थी। बहुत कम लोगों को पढ़ने का शौक होता था।

स्कूल की पढ़ाई के बाद जब मैं अपनी लघु कथाएँ लिखकर उन्हें बेचने की कोशिश कर रहा था, उन दिनों मुझे देहरादून के एक पुराने लॉजिंग हाउस की छत के ऊपर बने एक छोटे कमरे में रहना पड़ता था। नानी का घर उनकी बड़ी ने बेच दिया था और वह स्वयं इंग्लैंड चली गई थीं। मेरे सौतेले पिता का घर सौतेले भाई-बहनों और रिश्तेदारों से भरा रहता था। उस छोटे बरसाती कमरे में मुझे एकांत मिलता था।

कमरे में एक बेड, एक मेज एवं एक कुरसी के अलावा और कुछ नहीं था। आज पचास साल बाद भी मेरे कमरे में आपको उसी तरह की मूलभूत जरूरत की चीजें ही मिलेंगी—फर्क बस इतना है कि मेज थोड़ी बड़ी है और बेड पहले से थोड़ा ज्यादा आरामदायक है।

कमरे की खिड़की से बाहर का नजारा देखना पहले भी मेरे लिए महत्त्वपूर्ण था और आज भी है। मुझे लगता है कि खिड़की से बाहर की दुनिया देखे बिना मैं ज्यादा देर तक रह ही नहीं सकता।

आजकल मैं जहाँ रहता हूँ वहाँ से देहरादून दूर नहीं है। नानी के पुराने बँगले से होकर मैं कई बार गुजरा हूँ। बँगला वास्तव में अब आधा ही रह गया है, क्योंकि अहाते के बीचोबीच में एक दीवार खड़ी हो गई है। देश की तरह उसका भी विभाजन हो गया। दोनों खंडों के अलग-अलग मालिक हैं—एक के हिस्से में आम

का बाग है और दूसरे के हिस्से में लीची का। दोनों का भला हो। मैं गेट से अंदर नहीं जाता; लेकिन बँगले की यादें मेरी स्मृति में हमेशा बनी रहेंगी। पुरानी यादों में अगर कुछ बचा है तो वह बरामदे की सीढ़ियों पर गमले में लगे जेरैनियम हैं। एक और हाइकू के साथ मैं यह लेख समाप्त कर रहा हूँ—

बारिश के कारण फर्श पर चमकते
लाल जेरैनियम…
स्मृति में यूँ ही बने रहें।

□

16

वापस देहरा की ओर

यही वह पुराना देहरा है,
आम और नींबुओं के ब़ागवाला देहरा—
जहाँ बरामदे की खुली जगह में
मेरे पिताजी ने लगाया था
वह जकरंदा,
जिसके साथ मैं बड़ा हुआ।
यही वह घर है जिसे
मेजर जनरल मेहरा ने खरीद लिया था।
शहर अब वैसा नहीं रहा,
बड़ा हो गया है,
कौन पहचानेगा यहाँ मुझे?
सिर्फ वही, जिसने मेरी माँ की हँसी देखी थी।
लोग अजनबी की तरह घर आते हैं,
फिर भी
जो पेड़ मेरे पिताजी ने लगाए थे—
वे बढ़ते-फैलते पेड़—
आज भी यहाँ हैं।

□

17

लिखने का आनंद

मैं खुशकिस्मत हूँ कि पचास वर्षों से मैं जिस काम से अपनी जीविका चलाता रहा हूँ, वही मेरा सबसे पसंदीदा काम है—यानी लेखन। जी हाँ, लेखन से मुझे सबसे ज्यादा आनंद मिलता है।

कभी-कभी मैं सोचता हूँ कि कहीं मैंने बहुत ज्यादा तो नहीं लिख डाला। अकसर लोगों को एक ही बात या विचार को बार-बार सामने रखने की आदत बन जाती है, तरीका भले बदल जाता है; लेकिन विचार, मूल विषय, पात्र और स्मृतियाँ—सबकुछ वही रहता हैं। सर्दी बार-बार आ जाती है, इसके लिए लोग उसे कोसने हैं। कलाकारों और संगीतकारों को ज्यादा स्वतंत्रता दी जाती है। टर्नर ने समुद्र के किनारे के सूर्यास्त के इतने पेटिंग्स बनाए, उन्हें किसी ने नहीं टोका; गगुइन ने ताहितियन स्त्रियों की पेंटिंग्स बनाईं, उन्हें किसी ने नहीं टोका; हुसैन ने इतने सारे घोड़े बनाए, उन्हें किसी ने नहीं टोका; न ही जैमिनी रॉय को किसी ने टोका, जिन्होंने हमें इतनी सारी स्टाइलाइज्ड आकृतियाँ दीं।

संगीत की दुनिया में एक पुसिनी ओपेरा बहुत कुछ दूसरे पुसिनी ओपेरा की तरह होता है; एक चोपिन निशा गीत का भाव दूसरे से मिलता-जुलता है; और आधुनिक संगीत में एक ही तरह की धुन बार-बार सुनने को मिलती है, बस थोड़ा सा अंतर होता है।

लेकिन लेखक अकसर हर बार अपने आपको ही दोहराते हैं। वे इससे बच भी नहीं सकते, क्योंकि जो कुछ वे लिखते हैं, उसमें वे अपने ही व्यक्तित्व को अभिव्यक्त करते हैं। हेमिंग्वे की दुनिया जेन ऑस्टेन की दुनिया से बहुत अलग थी। वैसे तो दोनों की दुनिया अपने आप में अनोखी है, लेकिन वह अपने सर्जक यानी दोनों लेखक-लेखिका के मन में एक जैसी बनी रही है। जेन ऑस्टेन का सारा जीवन एक छोटे से स्थान पर बीता; जबकि हेमिंग्वे ने सारी दुनिया घूमी थी, लेकिन उनके पात्र एक जैसे ही रहे हैं, जो प्राय: उनके

अपने स्वयं के व्यक्तित्व का ही विस्तार रहे हैं।

लेखन के लंबे कैरियर में लेखक कभी-कभी अपने आपको जरूर दोहराता है या फिर नए-नए विचारों के साथ-साथ उन विचारों को भी रखता है, जो उसके मन में पहले से बन रहे हैं, और इससे वह अपने आपको बचा भी नहीं सकता। जरूरत यह है कि वह लिखता रहे, देखता-सुनता रहे और दुनिया की खूबसूरती तथा उसकी रीति को देखता रहे। कलाकारों और संगीतकारों की तरह ही हम अपनी कला यानी लेखन पर जितना ध्यान देंगे, वह उतनी ही बेहतर बनेगी।

लेखन मेरे लिए दुनिया का सबसे सुलभ और सबसे बड़ा आनंद है। अपने मनोभावों या विचारों को शब्दों में उतारना मुझे बहुत अच्छा लगता है। अपनी दिनचर्या मैं कुछ इस तरह निर्धारित करता हूँ कि मेरे पास कुछ समय ऐसा बचे, जिसमें मैं कोई कविता, अनुच्छेद, लेख या कहानी लिख सकूँ—सिर्फ इसलिए नहीं कि यह मेरा पेशा है, बल्कि इसलिए कि इससे मुझे आनंद मिलता है।

लिखने के लिए मेरे आसपास की दुनिया में—चाहे वह पहाड़ों के बीच की जगह हो, चाहे मेरी खिड़की के नीचे की व्यस्त गलियाँ हों—विषयों की कमी नहीं है; जिन्हें मैं अपने विचारों, मनोभावों, हर्ष, व्यथा, हँसी-खुशी को शब्दों में उतारने के लिए आधार बना सकता हूँ। अगर मुझे रोज लिखने की स्वतंत्रता नहीं होती तो जिंदगी मुश्किल हो जाती। ऐसा नहीं है कि मैं रोज जो कुछ भी लिखता हूँ, वह सब सँभालकर रखने लायक ही होता है। मेरी पांडुलिपि के कई पेज या तो रद्दी की टोकरी में चले जाते हैं या फिर कुछ पेज सर्दियों के दिनों में स्टोव पर जलकर कमरे को गरम करते हैं। मैं हर समय तो खुश नहीं रहता हूँ। मैं दूसरों को खुश नहीं कर सकता हूँ, क्योंकि मैं फोरसिथ (Forsyths) और शेल्डॅन (Sheldons) जैसे पेशेवर लेखकों की तरह सबको खुश करने के लिए नहीं लिखता हूँ। मैं तो अपने मन की संतुष्टि के लिए ही लिखता हूँ।

लेखन का सिद्धांत यह है कि आपकी अवधारणा इतनी सरल और स्पष्ट हो कि शब्दों का प्रवाह किसी पर्वत से निकलनेवाली नदी के प्रवाह की तरह बना रहे। निस्संदेह, इस प्रवाह में आपको चट्टानों या शिलाखंडों से भी टकराना पड़ेगा, लेकिन आपको अपने प्रवाह को बाधित नहीं होने देना है। जब आपको लगे कि प्रवाह में आनेवाला पानी यानी विचार अब गंदा हो रहा है तो लिखना

बंद कर दीजिए। उद्गम स्रोत पर जाइए, जहाँ पानी स्वच्छ है।

एक दिन में मैं आधा या एक घंटे से ज्यादा देर तक नहीं लिखता हूँ। ज्यादा देर तक लिखने के लिए बैठे रहने पर शब्दों की ताजगी गायब होने लगती है।

विचारों व शब्दों की सरलता-स्पष्टता के साथ-ही-साथ उत्साह से भी भरा होना चाहिए। मन 'शैंडी' (Shandy) लिखते समय स्टर्न (Sterne) का मन व मस्तिष्क उत्साह से लबालब भरा रहा होगा। 'वूदरिंग हाइट्स' (Wuthering Heights) की सौम्यता और गंभीरता से एमिली ब्रॉन्ट (Emily Bronte's) की जिजीविषा का पता चलता है। टैगोर के मन की व्यथा उनकी कविताओं में झलकती है। डिकेंस हमेशा जोश से भरे दिखाई देते हैं। उनकी रचनाओं में आधे की कोई माप नहीं है। कोनराड के लेखों में उस समुद्र की मनोदशा झलकती है, जिससे उन्हें इतना लगाव था। भाव अथवा संवेग लेखन की प्रक्रिया के साथ-साथ चलता है और अच्छे लेखक वे ही होते हैं, जो उस भाव या संवेग को अपनी रचना में उतार सकें।

"क्या आप एक गंभीर लेखक हैं?" एक स्कूली लड़के ने एक बार मुझसे पूछा।

"मैं गंभीर होने की कोशिश तो करता हूँ, लेकिन चंचलता बीच में आ जाती है।" मैंने कहा।

"क्या किसी चंचल लेखक को कभी गंभीरता से लिया जा सकता है? यह मैं नहीं जानता, लेकिन इतना जरूर जानता हूँ कि जब मैंने लेखन को अपने पेशे के रूप में चुना, उस समय मैं गंभीर ही था। इसके लिए व्यक्ति को बहुत सारी चीजें छोड़नी पड़ती हैं—नौकरी, सुरक्षा, आराम, घर-गृहस्थी। पच्चीस साल की उम्र में अगर मेरी शादी हो गई होती तो जिस तरह मैंने उस समय इतनी अच्छी नौकरी छोड़ दी थी, वैसा नहीं कर सकता था—आज मुझे पेंशन मिल रही होती। भगवान् न करे। मुझे जो स्वतंत्रता और स्वच्छंदता मिली, उसके लिए और उन सभी के प्रति मैं आभारी हूँ, जिन्होंने अपने जीवन में मुझे शामिल किया और अपने दुःख-सुख मेरे साथ बाँटे। कलाकार को कभी अपने जीवन को नियंत्रण से बाहर नहीं जाने देना चाहिए। ऐसा हम तब करते हैं जब अपने बुढ़ापे की सुरक्षा के लिए अपने आपको तैयार कर लेते हैं।"

लेखक सामान्यतया ज्यादा बातें नहीं करते, क्योंकि वे अपने विचार अपने पाठकों के लिए बचाकर रखना चाहते हैं। निस्संदेह, अपने दोस्तों के साथ तो

हम खूब खुलकर बातें करते हैं, लेकिन वैसे लोगों से थोड़ा सँभलकर बातें करते हैं, जिन्हें हम कम जानते हैं। अगर मैं कोई कहानी लिख रहा हूँ और उसके बारे में खूब बातें करने लगूँ तो वह कहानी कभी भी नहीं लिखी जाएगी। अकेला होना किसी भी रचनाकार के लिए बहुत महत्त्वपूर्ण है। मैं यह नहीं कहता कि आप बिलकुल संन्यासी ही बन जाएँ। जो लोग मेरे बारे में नहीं जानते, वे यही समझते हैं कि मैं किसी पर्वत की चोटी पर अकेले रहता हूँ, जबकि वास्तव में मैं एक छोटे से फ्लैट में बारह सदस्यों के एक परिवार के साथ रहता हूँ। परिवार का बारहवाँ सदस्य मैं स्वयं हूँ, खिलाड़ियों को कभी-कभी मनोरंजन और ताजगी देने के लिए।

अपने परिवार और उसमें रहनेवाले एक-एक सदस्य से मुझे प्रेम है; लेकिन चूँकि मैं एक लेखक हूँ, इसलिए कभी-कभी अकेला हो जाता हूँ, कुछ सोचने लगता हूँ, अपने आपसे बातें करता हूँ, अपने अतीत की गलतियों को याद कर खुद पर हँसता हूँ और भविष्य के बारे में सोचता हूँ। यह ध्यान नहीं है; इसे चिंतन कहते हैं। ध्यान में मैं बहुत कुशल नहीं हूँ, क्योंकि इसमें कुछ समय तक निष्क्रिय होकर रहना पड़ता है। ध्यान में बैठने की बजाय बाहर घूमना और किसी पेड़ के नीचे बैठकर अपने उपन्यास पर मनन करना मुझे ज्यादा अच्छा लगेगा। मैं उसे ही ध्यान मानता हूँ।

एक बार एक पत्रकार को मैंने यूँ ही बता दिया कि मैं एक पुस्तक लिखने की योजना बना रहा हूँ, जिसमें मेरे ध्यान (मनन) की कहानी होगी, तो उसने खबर उड़ा दी कि मैं ध्यान यानी मेडिटेशन पर एक पुस्तक लिख रहा हूँ। मैं मेडिटेशन शब्द के सामान्य शब्दकोश अर्थ को लेकर चलूँगा—मन में योजना बनाना, चिंतन या मनन करना। और में अब तक यही करता आ रहा था! □

स्वभाव से मैं मिलनसार नहीं हूँ। वैसे तो मुझे लोगों से लगाव है, बिलकुल अजनबी लोगों के साथ भी मैंने दोस्ती की है; लेकिन मुझे एकांत भी अच्छा लगता है। दरअसल, एकांत में सोचने का अच्छा मौका होता है। किसी के साथ चलने की बजाय मैं अकेले चलना या टहलना ज्यादा पसंद करता हूँ। किसी के साथ चलते हुए अगर मैं कोई बात कर रहा होता हूँ तो रास्ते में वनैले गुलाब पर बैठा भौंरा मेरा ध्यान बँटा देगा। ऐसा नहीं है कि वह लेडीबर्ड मेरी जिंदगी बदल देगी, लेकिन थोड़ा समय उसे देकर और उसकी सुंदरता का बखान करके मैं उस प्रकृति के प्रति अपना आभार प्रकट कर रहा

हूँ जिसका मैं स्वयं एक छोटा सा हिस्सा हूँ।

किसी व्यक्ति की आंतरिक आशावादिता इस बात पर निर्भर करती है कि वह इस खुले सौंदर्य को कितनी जल्दी अनुभूत कर सकता है। दुनिया में हम रह रहे हैं तो स्वाभाविक रूप से हमारा सामना निकृष्ट और स्वार्थी प्रवृत्ति के लोगों से भी होगा। जब हम अपनी उत्तरजीविता के लिए लड़ते हैं तो उस समय हमारे उदात्त आदर्श धीरे-धीरे गायब होने लगते हैं। उसी समय हमें भौंरों की जरूरत पड़ती है। इस नन्हे से प्राणी या फूल—जिस पर वह बैठा होता है—पर ध्यान लगाने से मन में यह भाव आता है कि दुनिया में ब्याज दर, लाभांश बाजार और प्रौद्योगिकी से बढ़कर और भी बहुत कुछ है।

एक लेखक के रूप में मैंने आशा-निराशा, सफलता-असफलता सबकुछ देखा है; लोगों का प्यार व सम्मान भी देखा है; लेकिन एक लंबा समय मैंने उपेक्षा व आलोचना का भी देखा है। लेकिन मुझे कोई अफसोस नहीं है। एक लेखक के रूप में मैंने एक पूर्ण जीवन का आनंद उठाया है और भारत में रहते हुए मैंने जिस स्वतंत्रता की अनुभूति की, वह मुझे कहीं और नहीं मिल सकती थी। जरूरत पड़ने पर दोस्ती, इच्छा होने पर एकांत। समय-समय पर प्रेम व सहानुभूति भी मिली। भारत में लोग तब तक आपके काम में हस्तक्षेप नहीं करेंगे, जब तक आप उनके लिए परेशानी का सबब न बनने लगें। समाज के अपने कुछ नियम, सिद्धांत व मर्यादाएँ होती हैं। वह आपकी स्वतंत्रता में दखल नहीं देगा, बशर्ते आप उसके नियमों व मर्यादाओं को न तोड़ें। मैं निर्वस्त्र होकर एक संन्यासी के रूप में गली-गली घूमने के लिए स्वतंत्र हूँ। शानदार फार्महाउस अगर मेरे पास है तो मैं उसमें ठाट-बाट से रहने के लिए भी स्वतंत्र हूँ। पच्चीस साल तक मैं दूसरी मंजिल के इस छोटे से कमरे में रहा हूँ, किसी ने मुझे कभी परेशान नहीं किया—हाँ, पड़ोसी के कुत्ते की बात और है, जो डाकिया और कोरियरवाले को ऊपर नहीं आने देता।

□

वैसे तो मैं अपने लिए लिखता हूँ, लेकिन साथ ही मुझे यह भी देखना होता है कि जो कुछ मैं लिख रहा हूँ, वह छपने के लिए है। इसलिए मैं दूसरों के लिए भी लिखता हूँ। कुछ मुट्ठी भर लोगों को ही मेरी रचनाओं को पढ़ने में आनंद आता होगा; लेकिन वे लोग मेरे आत्मीय साथी हैं। उन्हीं से मुझे विपरीत और निराशाजनक स्थितियों में आगे बढ़ते रहने की प्रेरणा मिलती है।

निस्संदेह, लेखन ही मेरी जीविका का साधन है, लेकिन यही वह काम

है, जिससे मुझे दुनिया में सबसे ज्यादा आनंद मिलता है।

लेखन को मैंने सुख-सौभाग्य प्राप्त करने के लिए नहीं अपनाया था; मैं जानता था कि मैं उस तरह के लेखकों में नहीं हूँ। लेकिन इसी काम को मैंने सबसे अच्छे से किया और अपने लिए अच्छे कुशल संपादक, प्रकाशक व पाठक तैयार किए; लेकिन इसके लिए मैंने कभी बहुत बड़े पुरस्कार की अपेक्षा नहीं की; जो कुछ मिला, उसी में संतोष कर लिया। खुशी परिस्थितिजन्य होने से ज्यादा स्वभाव जन्य होती है। और मैं अपने आपको खुशनसीब मानता हूँ कि नौ से पाँच की नौकरी से मैं हमेशा बचता रहा।

निस्संदेह, हर लेखक के जीवन में एक समय ऐसा आता है, जब वह स्वयं से पूछता है कि अब तक जो कुछ भी मैंने किया, उससे मुझे क्या मिला। हम यही अपेक्षा करते हैं कि हमारे कार्य से लोगों पर कुछ प्रभाव पड़ेगा, पाठकों को कुछ खास मिलेगा। बड़े पैमाने पर काम करनेवाले लोग दुनिया की उदासीनता से हतोत्साहित होते होंगे। इसीलिए मैं कुछ मुट्ठी भर पाठकों को थोड़ा सा आनंद देकर खुशी महसूस करता हूँ। यही सबसे बड़ा पुरस्कार है।

एक लेखक के रूप में मैं सत्ता की राजनीति या राज्यों-राष्ट्रों के बीच होने वाली खींचतान या लड़ाइयों को लेकर नहीं चल पाता हूँ। मुझे तो प्रातःकाल की ओस की बूँदों, दिन की चमक का आनंद, रात्रि की निस्तब्धता, बच्चों के मन में उठनेवाले हर्ष व विषाद के भाव, आमजन के कार्य-व्यवहार और जीवन में आनेवाली सामान्य-असामान्य परिस्थितियों को ज्यादा अच्छे से अभिव्यक्ति दे लेता हूँ।

जीवन में दुःख और सुख दोनों अपरिहार्य हैं। लेकिन ज्यादातर लोग जीवन का आनंद लेते दिखाई देते हैं। दुनिया में देखने के लिए सौंदर्य की कमी नहीं है, जीवन का आनंद लेने के लिए बहुत कुछ है। ऐसे लोग हैं जिनमें मिलना और जिनके साथ रहना खुशी देता है। इतने सारे विषय हैं कि मेरी लेखनी कभी रुक ही नहीं सकती।

□

18

उनके अंतिम शब्द

आनंद रो रहा था,
उसे रोता देख गौतम ने कहा—
'मत रो आनंद,
हमारे शरीर के भीतर एक अलौकिक ऊर्जा होती है,
जो समय-समय पर नया स्वरूप लेती है
और वही ऊर्जा
उस शरीर की नश्वरता का कारण बनती है।
दुनिया में क्या ऐसा कुछ है
जिसका नाश नहीं होता?
इतना कहकर वह शिष्यों से बोले—
'तुम्हारे बीच भौतिक रूप से न होकर भी
मैं तुम्हारे बीच ही रहूँगा।
मेरे प्रिय शिष्यो,
तुम्हारे साथ मेरे नियम-सिद्धांत हैं,
मेरे उपदेश हैं, मेरा मूल तत्त्व है।
अगर तुम्हें मुझसे प्रेम है तो
बस आपस में एक-दूसरे से प्रेम
यही बताने के लिए करते रहना।
मैंने इसीलिए तुम सबको बुलाया था।'
कुशीनगर में वट वृक्ष के नीचे
अपनी चिरकालीन निद्रा के लिए तैयार
बुद्ध के ये ही अंतिम शब्द थे।

□

19

सत्तर की उम्र में...

सत्तर की उम्र में पहुँचने पर कैसा लगता है? एक युवा मित्र ने दूसरे ही दिन पूछा।

"वैसा ही जैसा सत्ररह की उम्र में लग रहा था। अंतर बस इतना है कि अब मैं पेड़ पर नहीं चढ़ सकता।" मैंने जवाब दिया।

ऐसा नहीं है कि पेड़ पर चढ़ने, साइकिल या खच्चर की सवारी करने, ऊँची कूद कूदने या स्वैलो ड्राइव पर जाने में मैं कभी बहुत अच्छा या कुशल रहा था। स्वीमिंग पूल में मुझे बेली-फ्लॉप में सबसे ज्यादा मजा आता था, जिससे पूल का आधा पानी खाली हो जाता था।

जी नहीं, ऐसा नहीं है कि मैं बहुत कलाबाज था। लेकिन हाँ, मैं लंबी-लंबी दूरियाँ पैदल तय कर लेता था; पहाड़ी पर हो, चाहे घाटी पर, मैं पैदल आसानी से चल लेता था; शायद यही कारण है कि आज 70 का होने पर भी मैं यहाँ हूँ।

फिटनेस के चक्कर में मैं कभी नहीं रहा; और मेरे शरीर का आकार भी कुछ ऐसा है कि मैं बॉलीवुड में नहीं जा सकता। अपनी खाने की आदतों का बहुत विस्तार से वर्णन न करके मैं बस इतना बताना चाहता हूँ कि मैं सबकुछ खाता हूँ, जो मुझे अच्छा लगता है और उम्र के इस पड़ाव में पहुँचकर भी अगर मैं ठीक-ठाक चल रहा हूँ तो उसका श्रेय किसी विशेष व्यायाम या नियम को नहीं जाता, बल्कि इस पहाड़ी की ताजा, स्वच्छ हवा को जाता है। मनु ने कहा था, "भोजन का आदर करो, उसे आभार सहित ग्रहण करो; कभी भी उसका तिरस्कार मत करो।"

सदा-सदा के लिए जीवित रहने की मेरी कोई ख्वाहिश नहीं है। जीवन सुंदर है और हर कोई इसे भरपूर जीना चाहता है। लेकिन एक समय आता

है, जब शरीर और मन जवाब देने लगते हैं। जब मैं दर्पण में स्वयं को निहारता हूँ (वैसे दर्पण कम-से-कम देखना चाहिए) तो मुझे अपने आपमें ह्रास के चिह्न दिखाई देते हैं। यह स्वाभाविक भी है। फूल भी तो मुरझाते हैं। लेकिन अगर उसके बीज अच्छे हैं तो उसकी जगह पर दूसरे फूल, दूसरे लोग आझ्र जाएँगे।

सेकंड हैंड दर्पण से सावधान रहना। विनोद की दुकान से मैंने एक सेकंड हैंड दर्पण खरीदा था। उसने बताया कि यह दर्पण एक दुष्ट बेगम का था, जिसने अपने कई आशिकों को मरवा डाला था। जब भी मैं उस दर्पण में अपना चेहरा देखता था, मुझे अपने चेहरे की जगह उस दुष्ट बेगम का ही चेहरा दिखाई देता था और लगता था कि वह अपना अगला शिकार मुझे ही बनाने वाली है। वह दर्पण मैंने प्रो. गणेश साइली को दे दिया। उनके ऊपर चुड़ैलों-भूतों का असर नहीं होता।

मैं एक अलौकिक व्यक्ति हूँ और डरता हूँ, इसलिए मैं अपने बिस्तर पर घोड़े की नाल रखता हूँ और मेज पर लॉफिंग बुद्धा। मुझे जिंदगी से प्रेम है, लेकिन मैं अमर नहीं रहना चाहता। अमरता तो देवताओं के लिए है।

टेलीविजन पर जो फिल्में मैं देखता हूँ, उनसे मैंने निष्कर्ष निकाला है कि अमेरिकी लोग एलियंस से बहुत डरते हैं—एलियंस, जो बाह्य अंतरिक्ष में रहने वाले प्राणी हैं—अमर, अनश्वर। यह वास्तव में उनकी अपनी सोच का प्रतिबिंब है, क्योंकि वे हमेशा अभेद्य व युवा बने रहना चाहते हैं और चाहते हैं कि हम सब उनके इशारों पर नाचते रहें। अब तो वैज्ञानिक ऐसे तरीके भी खोज रहे हैं जिससे मनुष्य का जीवन असीमित समय तक के लिए बढ़ाया जा सके, बल्कि मुरदे को भी जिंदा किया जा सके। लेकिन प्रकृति की छिपी हुई शक्ति मनुष्य या एलियंस की शक्ति से कहीं बहुत बढ़कर है—समय-समय पर भूकंप, बाढ़, सुनामी, टाइफून जैसी घटनाओं के माध्यम से वह अपनी श्रेष्ठता सिद्ध करती रहती है और हमें याद दिलाती है कि हम सब नश्वर हैं।

जीवन का आनंद उसके पारलौकिक स्वरूप के ज्ञान से ही आता है। हमारे सारे अनुभव इस विचार से प्रभावित रहते हैं कि वे अनुभव दुबारा लौटकर आने वाले नहीं हैं। चिरकालिक जीवन चाहनेवाले लोग भी एक समय-बिंदु पर आकर यह समझ जाते हैं कि प्रेम का आनंद मृत्यु की निश्चितता और अपरिहार्यता के साथ ही समाप्त हो जाता है। हमें दुनिया से जाने की जल्दी नहीं है, लेकिन हम जानना चाहते हैं कि दुनिया से निकलने का एक दरवाजा है।

एक तरह से यह बल्लेबाज बनने जैसा है, जो आउट नहीं होना चाहता। अर्द्धशतक जमा लेने पर वह शतक बनाने की कोशिश में लग जाता है, शतक पूरा हो जाने पर वह 200 के फेर में पड़ जाता है। सचिन तेंदुलकर या राहुल द्रविड़ कौन नहीं बनना चाहेगा? लेकिन यह बोध ही खेल को खेल बनाए रखता है कि कभी-न-कभी पारी खत्म होगी और कोई भी गेंद उसकी आखिरी गेंद हो सकती है। अगर आपके मन में यह विश्वास हो कि आप हमेशा विकेट पर ही बने रहेंगे तो सचमुच खेल, खेल नहीं रह जाएगा।

एक दिन मैं राजपुर रोड पर स्थित एक छोटे से कैफे में बैठा कॉफी पी रहा था। भारी-भरकम शरीरवाला एक व्यक्ति लँगड़ाता हुआ आया और बगलवाली मेज के पास बैठ गया। वह मुझे कुछ जाना-पहचाना लग रहा था, लेकिन मैं याद नहीं कर पा रहा था। तभी उसकी भौंहों पर मेरी नजर पड़ी और उसके हाथों का हाव-भाव देखा तो एकदम याद आ गया। वह नंदा था, मेरा स्कूल का साथी, जो फुटबॉल टीम का स्टार सेंटर-फॉरवर्ड रहा था और मैं उसका गोलकीपर था। सब 50 साल पहले की बात थी। उम्र का प्रभाव उसके गालों और आँखों तथा भौंहों पर साफ दिखाई देता था। मैं सोचने लगा—कितना बूढ़ा लग रहा है। लेकिन उससे नहीं कहा।

उसकी नजर भी मुझ पर पड़ी तो थोड़ी देर तक देखता रहा, फिर मुझे पहचानकर एकदम बोल पड़ा, ''बॉण्ड, इतने सालों बाद...कितना अच्छा लग रहा है तुमसे मिलकर। लेकिन तुम बहुत बूढ़े-से लग रहे हो।''

तब मुझे अहसास हुआ कि समय के चक्र ने मुझ पर भी अपना प्रभाव छोड़ दिया है।

''तुम तो बहुत अच्छे लग रहे हो!'' मैं बहुत सँभलकर बोला, ''लेकिन ये तुम्हारे घुटने में क्या हुआ?''

''सब टेनिस का असर है।'' वह बताने लगा।

''विंबलडन में खेला था, अगर तुम्हें याद हो।''

''हाँ-हाँ, याद है।'' मैंने कह दिया, जबकि वास्तव में मैं भूल गया था। ''तुम एथलीटों के घुटने ही तो जाते हैं।''

''इस समय तुम्हारी तीन-तीन ठुड्डियाँ हो गई हैं।'' अब उसकी बारी थी।

''मधुमक्खी ने डंक मार दिया था।'' मैंने कहा।

''अच्छा।''

इसी तरह थोड़ी देर तक हँसी-मजाक और दोस्ताना छेड़छाड़ चलती रही। उसके बाद फिर मिलने का वादा करके हम अलग हो गए। लेकिन फिर हम कभी नहीं मिल पाए।

समय के चक्र से कोई कैसे बच सकता है? नहीं बच सकता। बुढ़ापा या उम्र का ढलाव एक स्वाभाविक प्रक्रिया है। लेकिन कुछ लोग दूसरों की अपेक्षा जल्दी बूढ़े हो जाते हैं। यह कुछ वंशानुगत होता है और कुछ आपकी जीवन-शैली और सोच पर निर्भर करता है। खुशदिल व्यक्ति के चेहरे पर हमेशा चमक बनी रहती है। हमें सक्रिय होकर अच्छे काम करते रहना चाहिए। कलाकार को अपना कैनवास, लेखक को अपना लेखन और गायक को अपना गायन कभी नहीं छोड़ना चाहिए।

पाँच साल पहले की बात है। एक दिन मेरे कमरे का दरवाजा खटका। दरवाजा खोलते हुए मैं यही सोच रहा था कि कहीं यह भी कोई जिज्ञासु यात्री न हो, जो कुछ पूछने के लिए आया हो। सामने एक छोटे कद का व्यक्ति खड़ा था। वह मेरा हाथ पकड़कर जोर-जोर से हिलाने लगा और अपना परिचय मुल्कराज आनंद के रूप में दिया।

मैं हैरान रह गया। युवावस्था का मेरा आदर्श लेखक मेरे सामने खड़ा था, जिसकी किताबें मैंने स्कूल में भी पढ़ी थीं।

मैंने उनसे उनकी उम्र नहीं पूछी। मैं जानता था कि उनकी उम्र 95 के करीब होगी। लेकिन वह कालजयी थे और विचारों व जिज्ञासाओं से लबालब भरे थे। एक घंटे तक उन्होंने मुझसे बातचीत की। जाते समय सिद्धार्थ की जेब में एक नोट डाल गए। उन दिनों भी वह लिख रहे थे। हालाँकि उनकी कुछ रचनाएँ प्रकाशित नहीं हो रही थीं।

यह जानकर मुझे दुःख हुआ। उनके कुछ अच्छे उपन्यास ('द बिग हार्ट', 'सैवन समर' और कुछ अन्य) नहीं छपे थे; केवल 'अनटचेबल' और 'कुली' उपन्यास ही उपलब्ध थे। वह भी ऐसे दौर में जब उनसे कम प्रतिभावाले लेखकों की रचनाएँ खूब प्रकाशित हो रही थीं।

लेकिन यही दुनिया की रीति है। आज आपको सम्मान मिल रहा है तो कल उपेक्षा मिलती है। बीती सदी के कुछ अच्छे लेखकों—जे.बी. प्रीस्ले, कॉम्पटन मैकेंजी, जॉन गैल्सवर्दी, सिंक्लेयर लुइस—को आजकल के प्रकाशकों और साहित्य के पंडितों ने उपेक्षित कर दिया है।

आजकल साहित्य के मध्यस्थों का जमाना है। अगर आपके पास ऐसा कोई साहित्यिक मध्यस्थ नहीं है तो आपकी रचना विदेश में प्रकाशित नहीं हो सकती। शुक्र है, भारत में ऐसा नहीं है। यहाँ लेखक और प्रकाशक के बीच का संबंध महत्त्वपूर्ण है। लेकिन भारतीय प्रकाशन उद्योग बहुत तेजी से आगे बढ़ रहा है; जैसे-जैसे लेखकों की कमाई बढ़ेगी वैसे-वैसे यहाँ भी ये मध्यस्थ अपनी पैठ बनाने लगेंगे।

जहाँ जीवन है वहाँ आशा है और जहाँ आशा है वहीं जीवन है। मुल्कराज आनंद के अपने कौशल व भविष्य में विश्वास से मुझे एक आशा मिलती है। वह सौ वर्ष के होने जा रहे हैं और स्वास्थ्य से कमजोर होते हुए भी इच्छा होने पर लिखने बैठ जाते हैं।

सृजनात्मक प्रवृत्तिवाले लोग कभी बूढ़े नहीं होते। शरीर से वे भले कमजोर हो जाएँ, लेकिन जब तक उनका मस्तिष्क काम करता है तब तक वे कुछ-न-कुछ लिखते रहते हैं।

और वह प्रसन्नता रूपी उड़ती चिड़िया, जो मनुष्य को सबसे कमजोर उलझाकर रखती है?

उसका जवानी या बुढ़ापा से कोई संबंध नहीं है। दाँत में दर्द हो तो धर्म या दर्शन से ठीक नहीं होता; चिलचिलाती धूप या उष्ण लहर में बाहर निकलने और कड़ाके की ठंड में सुबह-सुबह बिस्तर से उठने का मन किसी का नहीं करता। सुबह के नाश्ते के बाद जब मैं धूप में बैठ जाता हूँ तो अपने आपको खुश और संतुष्ट समझता हूँ; लेकिन सुबह साढ़े छह बजे जब मैं बाथरूम के ठंडे फर्श पर कदम रखता हूँ और देखता हूँ कि नल का पानी भी जम गया है, उस समय मैं वह खुशदिल व्यक्ति नहीं रह जाता जो लोगों की नजर में होता हूँ।

बाह्य स्थितियों का हमारे व्यक्तित्व की खुशी पर असर तो पड़ता है, लेकिन हमारी आंतरिक खुशी या दुःख से इनका कोई संबंध नहीं है। यह हमारे स्वभाव व सोच पर निर्भर करती है। ऐसे लोग भी हैं जिनके पास सारी सुख-सुविधाएँ हैं, लेकिन फिर भी वे खुश नहीं हैं। दूसरी ओर ऐसे भी लोग हैं, जिनके पास सुख-सुविधाएँ नहीं हैं, लेकिन स्वभाव से खुश ही दिखाई देते हैं। खुश रहने के लिए थोड़ी-बहुत कोशिश अपनी ओर से करनी पड़ती है। जीवन को खेल की तरह लेने से जीवन एक आनंद बन जाता है; लेकिन यह

भी आपके स्वभाव का ही हिस्सा है कि आप जीवन को कैसे देखते हैं।

मि. पिकविक कहीं भी, कभी भी रहें, खुश रहेंगे—उनका स्वभाव ही ऐसा है; लेकिन भय और नकारात्मक भाव से ग्रस्त हैमलेट? कभी खुश नहीं रह पाएगा।

अगर आप छोटी-छोटी चीजों में भी सकारात्मक और सौंदर्य देख सकें या ऐसा स्वभाव बना सकें तो बढ़ती उम्र या बुढ़ापे का डर आपको नहीं सताएगा। इस धरती की सुंदरता को देखने या समझने के लिए मुझे किसी पहाड़ पर चढ़ने की जरूरत नहीं है। अपनी खिड़की से ही मैं बाहर खिले वनैले फूलों के सौंदर्य का आनंद ले सकता हूँ। वसंत की बारिश में गुलाब अपना सौंदर्य बिखेरने लगता है और गरमियों की रात में हनी सकल की खुशबू, खिड़की के आसपास के माहौल को सुगंधित बना देती है।

किसी नगर के विस्तार को देखने के लिए मुझे एफिल टॉवर पर चढ़ने की जरूरत नहीं है। हर रोज मैं घाटी में चमकती टिमटिमाती बत्तियों का प्रकाश देखता हूँ। यहाँ हर रात एक उत्सव जैसा प्रतीत होता है।

समुद्र को निहारने के लिए मुझे तट पर जाने की जरूरत नहीं है। टिहरी रोड के थोड़ा नीचे ही स्वच्छ जल स्रोत है। पहाड़ी के थोड़ा और नीचे जाने पर वह एक छोटी सी धारा से मिल जाता है; यह जलधारा एक और जलधारा के साथ मिलकर एक बड़ी नदी का रूप ले लेती है और गंगा में मिल जाती है और यह गंगा भारत के मैदानों से होकर बहती हुई जाकर समुद्र में मिल जाती है। तो समुद्र पहाड़ पर स्थित इस छोटे से जलस्रोत से ही तो शुरू होता है। चाँदनी का सौंदर्य निहारने के लिए आपको चाँद की यात्रा पर जाने की जरूरत नहीं है। पूर्णिमा की रात में यह चाँदनी मेरे कमरे की खिड़की से सीधे अंदर प्रवेश करती है; मेरी मेज और किताबों पर अपनी छटा बिखेरती है और मुझे आत्मिक शांति प्रदान करती है। मुझे चाँद के पास जाने की जरूरत नहीं है, चाँद तो खुद ही मेरे पास आता है।

हर चीज के लिए एक समय होता है और अगर आपने प्रकृति के चमत्कारों के साथ जीना सीख लिया तो आप कभी भी विषाद में नहीं होंगे।

ये सब चीजें और ऐसी बहुत सी अन्य चीजें महत्त्वपूर्ण हैं। हम इनमें से किसी एक को भी खोना नहीं चाहते। मृत्यु की अपरिहार्यता ही जीवन को जीवन बनाती है। अन्यथा जब तक हमारा शरीर चलता है तब तक हम अपने

प्रियजनों और अपनी चीजों को छोड़ना नहीं चाहते। यहाँ मैं कवि राल्फ हॉजसन (Ralph Hodgson) की काव्य-पंक्तियों का भाव प्रस्तुत करना चाहता हूँ—

ओ बूढ़े जिप्सी की तरह चलते रहनेवाले काल!
क्या तुम रुक नहीं सकते?
अपना कारवाँ रोक नहीं सकते?
एक दिन के लिए भी नहीं?

□□□